Adolph Diesterweg

Aus Diesterweg's Tagebuche von 1818 bis 1822

Adolph Diesterweg

Aus Diesterweg's Tagebuche von 1818 bis 1822

ISBN/EAN: 9783744623919

Hergestellt in Europa, USA, Kanada, Australien, Japan

Cover: Foto ©Andreas Hilbeck / pixelio.de

Weitere Bücher finden Sie auf **www.hansebooks.com**

Aus

Diesterweg's Tagebuche

von

1818 bis 1822.

Frankfurt, Elberfeld, Mörs.

Unter Zustimmung der Familie

herausgegeben

von

E. Langenberg.

„Im Frühlinge des Jahres und
des Lebens erfreut ja auch die
kleinste Blüthe."
Diesterweg.

———

Frankfurt a. M. 1870.

Joh. Chr. Hermann'sche Buchhandlung.

Moritz Diesterweg.

Vorwort.

Es gewährt mir eine große Freude, die vor-
liegende Schrift veröffentlichen zu können; denn von
einem so wahren und aufrichtigen Menschen und einem
so seltenen Lehrer, wie Diesterweg war, kann man nicht
genug erfahren, und besonders, wenn man, wie hier,
in sein edles Herz blicken, sein tiefes Wirken durch-
fühlen und seine einsamen Gedanken belauschen kann.

Ich erhielt erst nach Vollendung meines biographi-
schen Werkes den Nachlaß Diesterweg's, konnte also
davon keinen Gebrauch machen, und wenn das auch, so
würde doch des Raumes wegen nur Weniges Aufnahme
gefunden haben.

Die Tagebücher von 1818 bis 1822 enthalten eine
Menge Auszüge aus beinahe hundert Schriften, größten-
theils philosophischen Inhalts. Mir fiel die angenehme
Thätigkeit zu, Das herauszusuchen und zusammenzu-

stellen, was auf Diesterweg den Menschen, den Lehrer und den Denker Bezug hatte.

Von 1822 ab bis 1866 hat Diesterweg zwar fort=während Auszüge, literarische Notizen gemacht, aber aus seinem Leben und Wirken habe ich nichts gefunden, was um so mehr zu bedauern ist, da dasselbe von hier ab sich immer reicher nach außen hin entfaltete.

Eingedenk des Wortes: „Wenn der Meister spricht, schweigt der Jünger,", lade ich zur Lektüre ein. Möge sie reiche Früchte schaffen!

Bonn, am Geburtstage Diesterweg's 1869.

E. Langenberg.

I.
Frankfurt.

Auf der Reise von Frankfurt nach Elberfeld.

~~~~~~

Wetzlar den 3. Mai 1818. Sonntags. Reminis-
cenzen aus den vorigen Tagen:

In den ersten Tagen nach meinem Abschiede von
Frankfurt am Main war ich krank und meine Frau
war in Folge der innern Stürme in Herz und Gemüth
ganz deprimirt. Gott, welche Scenen habe ich erlebt,
alle menschliche Erwartung übersteigend! Wie war es
möglich gewesen, eine Stadt zu verlassen, in welcher
so viele Menschen mir wahrhaft befreundet sind, und in
welcher so viele Kinder ganz innig an mir hingen?
Welche Wehmuth beim Abschied von der zweiten Mäd-
chenklasse, als ich bei meinem Eintritt in dieselbe ein
Blumenkörbchen geschmückt hingestellt fand! —

Die zweite Klasse schrieb in ihr Zeugnißbuch:
Heute verläßt uns unser — Lehrer. Ein unersetzlicher
Verlust!

Am 26. April Spaziergang mit den Mädchen nach

Bornheim und Bergen. Ich beschenkte sie mit Veil=
chen, traktirte sie in Bergen, und sie überreichten mir
durch meinen Collegen Hahn eine goldene Repetiruhr.
Alle wollten in Bergen neben mir sitzen.

Ueberreichung des Ringes durch die dritte Klasse
im Garten von Herrn Mappes. Meine Anrede:
deutschen Tugenden treu zu bleiben.

Uebergabe des Bechers durch die erste Klasse am
Frankfurter Chaussee=Haus mit den Collegen Sänger
und Zähjrer.

Herzlicher Abschied von Nänny, Rührung Guldner's.

Es gibt Gefühle, die unbeschreiblich sind, die ent=
heiligt werden, wollte man sie in Worte fassen, ja,
die mit allem Gedankenspiel contrastirend, den Ideen
gleichsam keinen Raum mehr lassen. Wer Gefühle
schön beschreiben und in Worte fassen kann, dem mögen
sie wohl häufig fehlen; wer sie fühlen kann, kann sie
selten oder nie denken.

Besuch des Gymnasiums in Wetzlar.

Das Gymnasium ist wohl eingerichtet. Sehr gute
Disciplin, ohne daß ich ernste Worte, Blicke von Sei=
ten der Lehrer gesehen hätte, die aber doch vorherge=
gangen sein müssen.

Die Religion scheint hier den Schülern als freund=
liche Begleiterin bei allen Verhältnissen des Lebens vor=
gestellt zu werden.

Bemerkung nach einem Schulbesuch in der Nachbarschaft.

Das Certiren pro loco mag gut sein, so lange die Liebe zum Gegenstande noch nicht gesteigert ist, weil die Sache liebenswürdig ist. Die Schüler dürfen nicht lernen, um der erste zu sein.

Man muß nicht nur das Rechte thun, sondern auch in der rechten Absicht, um des Rechten willen; man muß lernen, um des Lernens und um der Selbstbildung willen, nicht deswegen, um höher zu stehen, als der Nebenmensch.

Die Uniform der Nassauischen Lehrer.

Weiße Hosen, goldgestickte Kragen und Umschläge, Buonaparts=Hüte — auswendig Militärpersonen, Handhaber der Gewalt — inwendig Theologen.

Das Reich der Wissenschaft, der Wahrheit und des Geistes — das ist das Ziel und der Plan des Lehrers; warum ihn in Uniformen einschnüren, er, der den Geist nicht bannen läßt, der frei nach individuellen Bestimmungen denkt, lehrt und lebt? Aber die Fürsten möchten gern alle Staatsdiener sclavisch und knechtisch, nach dem despotisch=willkürlichen Wink des Vormannes sich bewegen sehen. Daher die vielen Conduitenlisten, die Einregistrirungen, das Rapportiren, Berichterstatten! Suchten die Oberen nur tüchtige, wissenschaftlich gebildete und gemüthvolle Lehrer zu erhalten — was liegt daran, ob der nach Schmidt, jener nach Kästner oder Langsdorf lehrt? Ihr schaffet Heuchler oder Maschinen, und beides ist schlimm. —

After-Pestalozzianismus.

Ihr armen Kinder, die ihr noch mit dem pestalozzischen Buchstaben gequält und getödtet werdet! Wie lange wird's dauern, bis Eure Lehrer das Gold von den Schlacken zu scheiden wissen? Wer das Heil der Welt von einer Methode erwartet, der geht in der Irre.

Siegen am 1. Pfingsttag 1818.

Wie freue ich mich der einfach (blau) gekleideten Leute von den Hütten, der reinlich schönen Kleidung der Frauen und ihres Feiertagsschmuckes, die doch gewiß in der Woche in härenem Gewande schwitzen! Wie diese biederen Siegener zur Kirche festlich wallen und auf den Straßen sehnsuchtsvoll der Eröffnung des Tempels entgegen sehen — wie sie kräftig, lebendig und tapfer singen und andächtig still und fromm zuhören. Heil Euch, Ihr meine biederen, frommen Landsleute, wie beschämt ihr manchen auf der Rathsbank, der in jeder Pause mit den Nachbarn schmuset, Scherze macht und Klatschereien anbringt. O, in Euch, Ihr braven Landleute, ist ein frommer, religiöser Sinn, den Euch Gott erhalten, der Euch ehrwürdige Prediger geben möge! Wie ergriff mich der Anblick der Kirche, in der ich so oft mich erbaute, in der ich manch Lob-

lieb mitfingen half! O, welch ein beneidenswerthes Ge=
schick, solcher Gemeinde vorzustehen, und herrliche Ga=
ben des Geistes, des Gemüths und des Rednertalentes
zu besitzen! Ich würde zerfließen vor Wehmuth, sollte
ich die Kanzel besteigen. Achenbach predigt lebendig,
ergriffen und ergreifend.

II.
Elberfeld.

Am 10. Juni 1818.

Gebet. Herr, führe mich auf der rechten Bahn,
zeige mir das schöne Gute, laß mich Ernstliches er=
greifen, Gutes wirken bei den Kindern, ihnen sein
zur guten Lehr' und nachahmungswerthem Beispiel. Du
prüfest mich, Herr! Laß mir Alles dienen zum Heil
und zur Seligkeit. Sei mein Schutz und mein
Hort und verleihe mir den Geist der Weisheit und Er=
kenntniß. Amen!

Seelbach und Diesterweg. (Beide Rektoren der la=
teinischen Schule der reformirten Gemeinde in Elberfeld).

Das Tagebuch Diesterweg's erzählt mit „tiefem
Kummer" den Bruch der früher in der Jugend geschlos=
senen Freundschaft zwischen beiden Männern. (Siehe
meine Biographie Diesterweg's S. 2. I. Theil). Indem
wir auf die Mittheilungen der einzelnen Vorfälle ver=

zichten müssen, können wir es nicht unterlassen, einige Aussprüche Diesterweg's anzuführen, die sich auf die einzelnen Fakta beziehen:

Alle früheren Freundschaftsbande sind gelöst. Wie ist das wirklich möglich geworden, was ich nie für möglich hielt — was aber, Gott sei's gedankt! nicht durch meinen Willen und Vorsatz ist bewirkt worden. Gott lenke Alles zum Frieden und zur Eintracht! —

Gottlob! ich bin ruhig. Ich kann es sein, denn ich bin mir keiner feindseligen Absicht oder Gesinnung bewußt. Im Gegentheil habe ich Lust zur Versöhnung, und ich kann vergessen und vergeben. —

Ich will meine Pflicht üben und das Weitere ab= warten. — Das ist's. Feige Nachgiebigkeit und stetes Beifallgeben und Stillesein taugt nicht. Nur positiv beleidigen will ich nicht, und nie, wenn's die Ehre nicht fordert und das Recht. —

O Aufrichtigkeit, Preis Dir!
Du Schmuck der Seelen!
Begleite mich auf allen Pfaden!
Dank Dir, daß Du mir treu geblieben!

Am 19. Januar 1819.

Der Fundamentalsatz biblischer Theolo= gen: „Daß der Mensch von Natur nichts nütze und zu allem Bösen geneigt sei" — darf in der Erziehung nicht berücksichtigt werden. Er würde sehr verderblich wirken. Denn der Erzieher würde demzufolge alles Schlimme von seinem Zöglinge erwarten, seinen sittlichen Erscheinungen unedle Motiven unterlegen und in allem mit Mißtrauen gegen ihn erfüllt sein. So fehlte also der Träger und Erhalter aller Seelenreinheit, Engelsunschuld, der Hebel zu allem Edlen — das Vertrauen. Entweder ist also jener dogmatische Satz falsch, oder er passet noch nicht für Unerzogene. Wäre Letzteres, so sind diese also nicht in der Erbsünde und der Satz wiederum falsch. Oder es ist vielmehr so: Hege alles Zutrauen zu dem Zögling. Aber verdeutliche ihm, je mehr und mehr mit der Reife, die Schwachheit der menschlichen Natur im Allgemeinen, der wir alle unterworfen.

Der Mensch hat alle Anlagen energischst auszubilden. Um dazu Muth, Lust und Freude zu haben, bedarf er des Vertrauens in sein eigenes Vermögen, etwas leisten zu können. Jene Wahrheit würde ihm allen Eifer zur Ausbildung rein-menschlicher Anlagen benehmen. Er soll daher auch auf sich vertrauen, und in der fröhlichen, ermuthigenden Ueberzeugung, daß er aus eigener Kraft alles Edle zu vollbringen im Stande sei, und durch das Gesetz seines Innern dazu sich verpflichtet fühle. Die Erzieher muß er in gleichem Kampfe, in demselben Streite, demselben Werke begriffen sehen und so vor sich die höchsten Anstrengungen der Menschenkraft, wollen und wirken. Und siehe, auch er erlebt es, daß

seinem Ringen nach idealischer Güte, nach durchaus
reinem Sein das Vollbringen fehle. Die Menschen=
kraft reicht auch in ihm nicht an die Verwirklichung
dieses Ideals. Und doch verlangt das innere Bewußt=
sein diese göttliche Reinheit. Er würde entweder ver=
zweifeln, je obzusiegen, oder sich dem gemeinen Men=
schenleben hingeben — wenn ihm nicht in der Stunde
der Entdeckung, daß absolut Gutes dem Menschen als
Aufgabe hingestellt, aber von ihm nicht erreicht werden
kann, dadurch das Bewußtsein der menschlichen und
seiner Schwäche aufginge, und damit auch so gerne
und willig das anerkenne und an den glaube, der dieses
Ideal doch wirklich zur Realität gebracht hat: Damit
gewinnt er die Ueberzeugung, daß Christus, der Erlöser,
mehr war als wir sind, und daß ihm nachstreben, ihn
liebhaben, ihm folgen, ihm glauben besser sei, denn
alles Wissen. — Das ist der natürliche Weg zum
Glauben und zum Leben in der übersinnlichen Welt zu
gelangen. Und als Mittel zu demselben muß man dem
Erzieher empfehlen:

Anregung des Bewußtseins bis zur höchsten Leben=
digkeit, daß wir zur Reinheit und Tugend geboren sind
— daß dieses das Ziel alles Menschendaseins sei, daß
in dem Ringen darnach allein die Menschenwürde ruhe.
— Läßt sich der junge Mensch in diesen Kampf nicht
ein, so wird er endlich sich nicht mächtig fühlen und
nach dem Stabe greifen, der ihn stützet und hebet.

Das ist der Weg zum Glauben. Durch das Gewisseste, durch eigene Erfahrung muß der Mensch dahin gelangen. Sonst bleibt es Nachbeterei, die leicht vom Winde verweht wird. Das ist ein Wissen der Nothwendigkeit des Glaubens, eine in der Erfahrung nachweisbare Ueberzeugung des Bedürfnisses nach dem, der selig macht alle, die an ihn glauben. An einem andern Orte sagt Diesterweg: So viel darf von jedem Redlichen gefordert werden, daß er Ehrfurcht in der Brust trage vor der einzigen Lehre des Christenthums und ihres einzigen Stifters, sollte er auch sich nicht zurecht finden können mit allen Arten der Erscheinung dieses Hohen. Ohne diese Ehrfurcht geht der Mensch leicht zu strafbarem Frevel über, und man kann behaupten, daß in solchem das Princip der Tugend noch nicht recht eingewurzelt sei. Und man wird dem Ausspruch gerne beistimmen: „Die grübelnde Denkkraft sei auf ihrer Hut, dem Christenthum zu entsagen, und die Vernunft trage eine heilige Scheu, sich mit ihm in Widerspruch zu setzen."

Einige Tage später.

Die meisten Gläubigen (alle?) bekennen, daß sie zum Glauben nicht durch sich selbst gelangt sind, und leben der Ueberzeugung, daß Gott es ihnen unmittelbar aus Gnaden gewähret. Immer sehr merkwürdig und ein Argument a posteriori, daß der Weg zum

Glauben unentdeckbar ist, wie er denn bis jetzt noch vergeblich gesucht wird.

Seltsam, daß diese Ansicht mit denen der heutigen Naturphilosophen übereinstimmen, nämlich darin, daß sie übersinnliche Wahrheiten im Sinnlichen ausgedrückt finden. Nur darin bilden beide einen schneidenden Contrast, daß die Gläubigen das Unsichtbare als das Prius und allein Anzustrebende und die Sinnenwelt nur als den schwachen Reflex jenes ansehen, die Philosophen aber die Natur als die einzige Offenbarung Gottes und unser Wissen des Uebersinnlichen nur als Abstraction und Personification des Physischen. Dann wenn dieses Problem umfassend gelöst ist, wird, wie bei den Alten, eine Vergötterung der Natur wiederkehren. Denn in diesem Symbol verehren wir dann das Wesen selbst.

Die drei Freunde Hiob's reden schöner, trefflicher als er, daher er mit seiner Reinheit dick thut. Und deß ungeachtet spricht Gott: „mein Knecht Hiob ist besser denn sie." —

Unterschied des Gesetzes und des Gewissens.

Jenes ist das Bewußtsein dessen, was der Mensch soll. Dieses stellt die Vergleichung an, ob die Handlungen und Gesinnungen des Menschen dem Gesetze gemäß sind oder nicht und vermöge dieser Vergleichung, die ein untrügliches Resultat gewährt, billigt das Gewissen oder es verdammt. Das Gesetz ist dem Menschen angeboren und geringe Anregung erheben das dunkle Bewußtsein desselben im Kinde zur Klarheit. Das Gewissen aber verrichtet sein Geschäft weit weniger frühe. Es bedarf der Erfahrung, der vielseitigen An= regung und Belebung. Und das ist eine ernste Auf= gabe des Erziehers. Das Gewissen in Thätigkeit zu setzen und über Handlungen der Menschen nach dem Grade ihrer Uebereinstimmung mit dem in allen Seelen gleichen Gesetze zu beurtheilen, gränzt für alle Menschen, in denen einige Uebung dieser Seelenthätigkeit vorhan= den ist, an Vergnügen und Lust.

Am 3. Februar 1819.

Die Haupttendenz des Christenthums finde ich in der Erstrebung der höchsten Sittlichkeit, des morali= schen Ideals. —

In Elberfeld keine Predigten über Pflich= ten, Nothwendigkeit des Lebens zur Besserung, Nichts davon; sondern ein Predigen des Hasses gegen die Tu= gend, Freiheit des Willens, Moral, Philosophie. Sie freuen sich über ihre Sünden und ihre Sündhaftigkeit und danken Gott dafür, denn gerade sie sei die Bedin= gung der Begnadigung. — Wem der Gnadenstand ge= schenkt, der gehöre einmal Gott an und könne aus dieser Gnade durch keine Sünde wieder herausfallen. Dabei Haß und Verfolgung gegen Andersdenkende; lauter Clicken, Rotten und Sectirerei! —

Mag es unklug genannt werden, daß ich meine Grundsätze laut werden lasse — ich mag nicht scheinen, was ich nicht bin. Es lebe die Philosophie und das Christenthum! denn beide liefern dasselbe Resultat, dasselbe Gesetz, das dem Menschen ins Herz geschrieben ist.

————————

Kurz darauf finden wir folgende Aussprüche: Wer sich selbst nicht gut ist, wie kann er's anderen sein? Qui sibi nequam, cui bonus? Wer sich wegwirft, sich als Sache behandeln läßt, wird auch Andere so behandeln?

————————

Achtung vor der Menschheit in Dir und den Anderen erhebt zu dem edlen Stolze, von dem der Dichter sagt: sancta superbia, hominem occupa!

————————

Die Liebe (= Neigung) kann nicht geboten werden, Aber die Liebe (= Pflicht) Achtung vor dir und Andern und in beiden vor der Menschheit.

————————

Es ist ein wichtiges Wort: die ganze Erziehung dem strengen Unterricht unterzuordnen.

————————

Lykurg, Fichte. Jemand will, wie diese beiden Männer, die Jugend nach zurückgelegter Kindheit, von den Eltern entfernt, in Anstalten versammelt und gemeinschaftlich unterrichtet und erzogen wissen;

1) weil dadurch allein Staatserziehung, oder Erziehung zur Erreichung der Staatszwecke möglich sei;

2) wegen der Schlechtheit der Erziehung im Hause durch die Eltern, deren Entgegenarbeiten gegen öffentliche Anstalten, überhaupt deren Unerzogenheit selbst;

3) Schulen, selbst, die besten, erzögen nicht, lieferten nichts Ganzes — Privatinstitute, Pensionsanstalten ꝛc. huldigten der Mode und den Launen der Eltern;

4) bei einer noch so vollkommenen häuslichen Erziehung wird der Uebergang ins bürgerliche Leben zu wenig vorgebildet und vorbereitet.

Lebt denn das Kind nicht schon bürgerlich mit im Hause bürgerlicher Eltern und wird so unabsichtlich und deßwegen sehr gut zu unserm Bürgerwesen erzogen? Auch haben wir ja noch gar kein öffentliches Staatsleben wie die Spartaner. — Nein, die Familie ist das Heiligthum der Erziehung, des jungen Vogels Nest. — Durch jene Absonderungsanstalten würden höchstens starke, thatlustige stoische Menschen erzogen — aber das innere häusliche Gemüthsleben, die Quelle sanftmenschlicher Tugenden würden verdrängt. Jene Anstalten würden dem strengen nordischen Himmel gleichen, und die entwickelnde Wärme liebender Eltern und die das Höchste erziehende stille Geräuschlosigkeit und bescheidene Sittigkeit wären dahin. — Nur gut für Waisenkinder und anerkannt ruchlose Eltern, weßhalb strenge Aufsicht über häusliche Erziehung dem Geistlichen obliege. Aber wie steht's damit? Gott bessere es!

Staat und Schule. Der Staat ist nur eine große Erziehungsanstalt, welche da eingreift, wo die Schule das Ihrige gethan hat. Staat und Schule bezielen also denselben Zweck: Erziehung des Menschen zur Menschheit. Der Staat muß auf die ihm vorarbeitende Anstalt, die Schule, Rücksicht nehmen, und ihre Einrichtung zweckmäßig machen und die Schule muß auf die Staatserziehung vorarbeiten und auf die Individualität des einzelnen Staates stets und volksthümlich Rücksicht nehmen. Das ist etwas ganz anderes, als Bildung zum Berufe, die der Einseitigkeit anheim fällt.

Die Schule ist gewissermaßen der Staat im Kleinen. Und das muß eine gute Schule sein. Daher strenge Gesetze, eine und dieselbe Ordnung heute und morgen, Pünktlichkeit in Allem, Folgsamkeit, Gehorsam, gegenseitige Hülfsleistung und Unterstützung, Beaufsichtigung der Schwachen und Unzuverlässigen durch Geübte und Zuverlässige, gesetzmäßige Bestrafung und Zwang, keinerlei Vorziehungen, keine Lieblinge, Rangverhältnisse als die der Tüchtigkeit 2c. Einheit der Disciplin — nicht der Lehrmethode.

Leider hat Pestalozzi darauf nicht Rücksicht genommen, und seine Schule, die nur ein Bild der Fa-

milie sein sollte, ist oft in Gefahr gewesen, durch Zügel=
losigkeit und Unordnung unterzugehen.

Treffende Ausdrücke über Lehrer und Schule.

1) Anfachen und anregen ist Sache des Lehrers im
erften Unterricht; denn ein Sprüchwort sagt schon:
Lehre ist nur Blasbalg, der die Funken der Natur
brennen macht.

2) Der Lehrer kann nicht geben, was nicht da ist,
nicht den denken lehren, der die Anlage zum
Denken nicht hat; nicht dichten lehren den, dem
das dichtende Talent fehlt. Er kann nur Heb=
amme sein.

3) Der Lehrer muß sein wie ein Fixstern, immer an
demselben Orte, immer hellglänzend.

4) Sehen, selbst angreifen, in die Natur gehen und
beobachten, — nicht alles in der Schule. Da lernt
man viel. Chemie in den Laboratorien, Techno=
logie in den Werkstätten, den gestirnten Himmel
im Freien 2c. 2c. Sprichwort: Man lernt eher
eine Sprache in der Küche, als in der
Schule.

5) Jeder Lehrer hat nur in so fern und in dem
Grade Bedeutung, als er sich den Interessen des
Ganzen anschließt, in so fern er durch sein Wirken
die lebendige Einheit (des Staates) zu erreichen

hilft. Sonst ist sein Wirken in Beziehung auf
den Staatszweck ein einzelnes, vereinzeltes, nicht
selten in Zwiespalt mit dem Hauptzweck. Dasselbe Verhältniß hat das Leben und Wirken jedes
einzelnen Menschen im Staate.

6) Auch von manchem trägen, sich schonenden Lehrer
gilt es: „Wer sein Leben retten will, der verliert es.

Hoheit des Lehrerberufes.

Nur der Lehrer führt in der Ausübung seines
Amtes ein höheres, aufs Produciren sittlicher und re-
ligiöser Erscheinungen unmittelbar gerichtetes Leben.
Alle auf den Gelderwerb unmittelbar gerichteten Be-
schäftigungen und Stände sind davon per se ausge-
schlossen. Denn der Handelsmann, wozu auch der
Handwerker gehört, muß nicht selten sogar die Grenzen
der Moralität überschreiten, wenn er seinen materiellen
Gewinn fördern will. Und so erzielt also nur der
Studirte durch seine Praxis Inneres. Aber auch von
diesem gilt diese Behauptung in hohem Grade nur vom
Erzieher. Denn der Jurist beugt nur zu leicht das
Recht, und im besten Falle wirkt er für den Sieg loyaler
Handlungen, die, wie die Differenz der Gesetze verschie-
dener Zeiten und einer und derselben Zeit zur Genüge
ausweiset, man ja nicht mit absolut sittlichen verwech-
seln darf. Die Kunst des Arztes dienet nur der Er-

haltung des physischen Lebens, ohne Rücksicht auf die Art und Weise, ob und wie dieses physische Leben der Sittlichkeit dienet. Und selbst dann, wenn die Medicin zur physischen Erziehungs-Wissenschaft gebracht würde, steht immer noch der moralische und religiöse Erzieher, was den Zweck seiner Thätigkeit betrifft, über ihn. Der eigentliche Akademiker fördert und lebt der Wissenschaft und baut das Erkenntnißvermögen aus, erweitert das Wissen. Aber das ist nicht das Höchste und selbst das Genie irrt, wenn es glaubt, für sich in und durch Wissenschaft seine Vollendung zu erreichen. Sein Amt muß auch er nur als Wirkungssphäre für's Irdische und als Mittel, sein Inneres durch Thaten auszubilden, ansehen. Er dient ebenso häufig der Steigerung böser als guter Gesinnungen. Und der Beifall, der namentlich einem philosophischen Systeme wird, hängt von dem Glück ab, mit dem er das vorangegangene Philosophon bekämpft und vernichtet. So bleibt also keine praktische Wirksamkeit, die unmittelbar das Höhere bezielt, das Gemüth veredelt, Sittlichkeit und Frömmigkeit befördert, übrig, als das Amt des Lehrers und Erziehers. Erziehung in der Schule und in der Kirche. Seid mir gepriesen ihr Werkstätten des Unvergänglichen und bleibend Schönen! Und heiliget uns mehr und mehr in dem Erkennen und Thun dessen, was sich ziemet!!!

Träumen und Wachen, niedergeschrieben am 19. Mai 1819.

Am 28. October 1818 überfiel mich eine Krankheit, welcher der Arzt den Namen „eines schleichenden Nervenfiebers" gab. Von diesem Tage an phantasirte ich häufig, meist über angenehme, erfreuliche Gegenstände. Da der Arzt meine Aufmerksamkeit vorzüglich auf die Selbstbeobachtung richtete und mir zur Erhöhung des Interesses und zur Gewinnung einer wissenschaftlichen Uebersicht Natur, Verlauf und wahrscheinliches Ende der Krankheit vorausgesagt hatte, so bemühte ich mich, geistiges und körperliches Befinden genau ins Auge zu fassen. Bald nahm ich wahr, daß ich mich während der Phantasien in einem Zustand befand, der zwischen Wachen und Schlafen in der Mitte liegt, beides zugleich war, ein Selbstbewußtsein übrig ließ und dennoch mit Gegenständen der Phantasiewelt sich beschäftigte und zwar mit einer mir bis dahin unbekannten Freiheit und Leichtigkeit. Es gelang mir, oder, da dasselbe ohne Anstrengung und gleichsam von selbst sich einstellte, es wurde mir eigen, den Gang und den Inhalt der freien Vorstellungen, der Phantasien, zu beobachten, ohne daß dadurch dieselben im mindesten wären gestört oder verhindert worden. Diese Beobachtungen hatten für mich einen ungemeinen Reiz und ganz wachend, im natürlich geschwächten fieberlosen

Zustande wußte ich, weit deutlicher und bestimmter als nach einem lebhaften Traume im natürlich gesunden Schlafe, mich aller einzelnen Gestalten und Begegnisse, welche die Phantasie mir vorgezaubert hatte, zu erinnern und an der Rückerinnerung dieser Erscheinung einer über= irdischen Welt mich zu ergötzen.

Im letzten Sommer und kurz vor dem Eintritt der Krankheit hatte ich mich öfters mit der Art und Weise beschäftigt, auf welche Weise die Welt mit dem Schöpfer in Verbindung stehe, wie und durch welche Mittelglieder dieselbe von ihm gelenkt und regiert werde, ob durch allgemeine von Uranfang erschaffene und der Materie einverleibte Gesetze, ob durch ewig erneutes Schaffen 2c. in wie fern mit der einen oder anderen Vorstellung die Idee der menschlichen Freiheit bestehen könne oder nicht 2c. Vielleicht ließ diese frühere Beschäftigung manchen Nachhall zurück und vermuthlich war deshalb mein Geist mit dem Uebersinnlichen, der Ursache aller Er= scheinungen und Veränderungen beschäftigt. Was ich in der übersinnlichen Welt sah, schwebte mir so bestimmt und gewiß vor, wie das mit leiblichen Augen mich Umgebende und deutlicher noch, denn alle Gestalten er= laubten nicht nur eine Ansicht, sondern Durchsicht. Als Doppelwesen beobachtete ich beständig diese Visio= nen und man erlaube mir zwei derselben kurz und ungeschmückt zu erzählen.

Am 4. November lag ich Abends gegen 10 Uhr

zu Bette. Vor mir stand das Lager meiner Frau, die bereits schlief. Ich beschäftigte mich unwillkürlich mit der Vorstellung über das letzte Gericht, über Hölle und Himmel. In mir war der Wunsch lebhaft, die Beschäftigung und das Gefühl der Höllenbewohner und der Himmelsbürger näher kennen zu lernen, als ich auf einmal wie von einer mächtigen Hand geschoben in eine unbekannte Gegend des Universums mich gerückt sah. Zu meiner Linken lag ein unabsehbares Land, das sich allmählich aber schwach höher und höher erhob. Ueber dasselbe lag ein Lichtschimmer verbreitet, den ich bisher nicht gesehen hatte und den ich mit irdischem Lichtstoffe nicht vergleichen mag; ein magischer Zauber wehte mich von daher an, und je mehr in der Ferne das Land sich erhob, desto kräftiger, intensiver war die über dasselbe verbreitete Atmosphäre. Eine Sonne bemerkte ich nicht; die Luft selbst schien leuchtend zu sein. Vor mir lag dieses Zauberland, zur Linken sich ausdehnend; ich selbst stand an der Grenze desselben, die eine gerade Linie bildete, gerade vor mir hinlaufend. Rechts von dieser Scheidewand war Alles dunkel; eine unübersehbare Finsterniß Rechts, Oben und Unten; ohne Boden, ohne Halt. Ich selbst stand auf der Grenzscheide, halb in Licht, halb in Finsterniß. Auf dem Lande vor mir, noch im Lichte, erhob sich ein Felsen, der sich oben zu einem Sitze abrundete. Von demselben — ich sah Nichts darauf sitzen — wehte mich ein Hauch an, und

es wurde mir — nicht durch hörbare Worte — dadurch
kund gethan, dies sei der Richtstuhl, zu meiner Linken
der Wohnsitz der Seligen, zur Rechten die Hölle; ich
solle jetzt die Freuden des Himmels und die Qualen
der Hölle empfinden. Sogleich hatte ich festen Fuß
auf dem Lande. Was ich hier empfand, kann ich noch
ohne Thränen der unnennbaren Rührung und Seligkeit nicht denken und sagen. Mich durchdrang eine
Wonne, die ich nicht bezeichnen, eine Freudigkeit, die mir
ganz unbekannt, eine Seligkeit, die nicht genannt werden kann. Ich sah, empfand, dankte, lobte, jubelte,
in mir Kraft und Leben, Begeisterung — und wie soll
ich Alles das nur nennen, was das mich durchfließende
Licht mir mittheilte. Mit einem belebenden Frühlings-
hauch möchte ich es am Ersten noch vergleichen. —

Plötzlich werde ich entrückt und die Finsterniß um-
gab mich. Ich stand nicht mehr, lag nicht, schwebte
nur ohne Handhabe, ohne Angel, ohne Rückhalt, ohne
Stützpunkt in der unermeßlichen Höhe und Tiefe. Wer
nennt den Jammer dieses Zustandes? Was ich thun
sollte, wußte ich nicht; ob greifen, rufen, stöhnen, jam-
mern, fluchen — ich wußte es nicht; in der grausen-
haften Oede sah ich nur mich; kein Ton, keine Bewegung — Nichts, Nichts, als ich allein. Ohne Beschäftigung und doch lauter Begierde zu schaffen, ohne
Genuß und Heißhunger nach Genüssen — ohne Gott,
dessen Andenken mir geblieben — ohne Himmel, dessen

Wonne in meinem Grundstoff lebte — keine Unter=
haltung, keine Gedanken, keine Vorstellung, Nichts, als
das Gefühl der Reue, der Schaam, der — — — —
Ich weiß nicht die Qualen zu nennen, die mein Herz
zerrissen; so muß das Gift die Eingeweide zerreißen,
Feuer den Körper verzehren, wie Reue über mein un=
nützes Leben mich zerfleischte. Der Jammer trieb mir
kalten Schweiß ins Angesicht', ich zitterte an allen
Gliedern, eine unermeßliche Angst ergriff mich, ich
stöhnte laut, klammerte mich an die Pfosten des Bettes,
ich schlug die Augen auf, hatte keinen Athem mehr,
ich schwang mich mühsam in die Höhe, trat vor das
Bett, wußte nicht, ob ich zum Fenster hinausspring=
gen oder zur Thüre eilen sollte, (ohne daß mich die
Schauder der Hölle verlassen hätten, mein zweites Ich
war noch an jenem Orte) als ich mich besann,
meine Frau zu rufen, die mir helfen sollte. — Ein
Glück für mich, daß dieser Gedanke siegte. Laut und
ängstlichen Tones rief ich. Meine Frau, aus ihrem
ersten festen Schlafe dadurch aufgeschreckt, blickt um sich,
und sieht mich zitternd und zähneklappernd da stehen.
Sie springt auf, und indeß sie zu mir hinschreitet, ent=
steht eine plötzliche Veränderung, ich fühlte mich dem
Labyrinthe der Hölle entrückt, wieder hingezaubert in
das beseligende Lichtland, ins Paradies, und indeß meine
Frau sich nach kaltem Wasser umsieht, mich damit zu
waschen und dadurch zurecht zu bringen, beginne ich,

ihr in allen Zügen erneut und verklärt die Seligkeit
meiner inneren Wonne zu beschreiben. Gott, wie bin
ich unendlich glücklich, herrlich; welche Wonne ist's, im
Paradies zu sein; Gott, welche Seligkeit! —

Inzwischen besprengte mich meine Frau mit kaltem
Wasser; ich tauchte die heißen Hände in das Nasse und
so kehrte ich mit beiden Hälften der Erde wieder zu.
Die lebhafteste Erinnerung blieb mir von allem Gesehenen, Gefühlten, Erlebten und selbst jetzt, nach einem
halben Jahre, ist die Erinnerung noch sehr lebendig und
beweglich.

Am andern Tage quälte mich der Zweifel, der die
Wahrheit des Gesehenen in Widerspruch mit der Schrift
setzte, die sagt: Gehet ein, ihr Gerechten, zur Rechten.
Und doch hatte ich das Land der Seligen zur Linken
gehabt. Erst, als mir einfiel, daß ich, stehend vor dem
Richterstuhl und mit dem Angesicht ihm zugewendet,
allerdings das zur Rechten des Richtenden liegende Land
zur Linken liegend haben mußte, — ward ich ruhig.

Dieselbe Bewandtniß hatte es in der folgenden
Nacht mit einer anderen, gleichfalls einer der lebhaftesten
Visionen. Daher ich mich hier sehr kurz fassen kann.
Ich schlief mit dem Gedanken über die Art und Weise
der Weltregierung Gottes ein, oder vielmehr schlafwa-
chend beschäftigte ich mich mit ähnlichen Vorstellungen.
Plötzlich hörte ich eine Stimme laut mir zurufen: Komm,
ich will dir's zeigen. Schon folgte ich durch weite

Räume des Himmels, ohne daß ich einen Führer wahr-
genommen. Jene Stimme sprach in sehr lockendem
Tone. Mit dem weiteren Fortschreiten kam ich in
Gegenden, wo ein stets lebendigerer belebenderer Hauch
mich durchbrang, nicht anwehte; sondern durch Mark
und Bein ging. Es war ein Etwas, keine Luft, mehr
lichtartig, aber unendlich fein. Mein ganzes Wesen
verklärte sich. Ich schwamm in einem Meer voll Seligkeit. Worte bezeichnen das Gefühl nicht und Aehn-
liches hatte ich nie empfunden. Das Vergnügen in
dem Umgange geliebter Menschen, am Finden mathematischer Sätze, das zu den reichsten und höchsten Freuden ich zähle, war Nichts gegen jene Wonne. Jetzt
wurde Halt gemacht. Ich sah vor mir ein Lichtatom,
in raschen Bewegungen sich umdrehen und drehend
größer werden, mit ungemeiner Raschheit — ich sah
und staunte. Was von ihm ausging, lieh mir wun-
dersame Kräfte; ich war mehr als Mensch; doch in
unendlicher Demuth, die mich nicht zerknirschte, sondern
über alle Namen selig machte, selig, selig, selig. Die
Stimme rief mir von der Seite zu: Gib Acht, jetzt
sollst du ein Bild haben von der schaffenden Allmacht.
Nun bemerkte ich während des Umschwunges ein Fäd-
chen aus der rollenden Kugel, unendlich klein, heraus-
kommen. Aus diesem entsprangen ein zweites, drittes,
viertes, noch mehrere, ich konnte sie nicht zählen, über
alle Zahlen. Aus diesen Fäden wurden Zeuge, die

Alle sich um Walzen drehten, welche Walzen zugleich nach verschiedenen Richtungen rotirten. Die gewobenen, unendlich vielen, alle aus dem Atomfädchen entspringenden Zeuge spiegelten Farben, wie ich nie gesehen. Grün, gelb, roth, violet und doch nicht grün, nicht gelb —, Alle von wunderbarer überirdischer Schönheit, Alle ergreifendes Leben von sich strahlend.

So staunend, bewundernd, anbetend, zerfließend in lauter Wonne sah ich dieses unendliche Meer von Geschaffenem aus einem Atom, in der kürzesten Zeit, in klarem Bewußtsein, mit unendlicher Sehnsucht und Vergnügung. Ich hatte keine Worte, keine Gedanken; ich glaube nicht, daß ich athmete. Da rief mir die erste Stimme: Was du siehest, ist ein Abglanz der Majestät Gottes. Unwillkürlich sprang ich im Bette auf, und rief laut, daß meine Frau erwachte, in unnennbarer Wonne: Herr, du mein Gott, ist's möglich, ist's möglich! Welche Macht, Pracht, Herrlichkeit, Majestät, unbeschreibliches Wesen! — — — —

Ich sah mich um, erkannte die gewöhnlichen Gegenstände, erfreute mich über Alles des Gesehenen, und schon als ich bereits fast ganz wieder genesen war, konnte ich dasselbe einem Freunde nicht ohne viele Thränen der Rührung und Bewegung erzählen. —

Bernhard Weyer. (Ein Schüler Diesterweg's.)
Am 3. December 1819. Besuch bei Bernhard,

einem herrlichen Knaben von tiefem Gemüthe, von einem wahrhaft lyrischen Anfluge, fast nur zur Rührung gestimmt und zu elegischen Anklängen. Der Liebling der zarten Mutter. Ihm fehlte die Stärke des Gedächtnisses. Warum? Möchte er wieder genesen! —

Am 2. Januar 1820. Bernhard will sterben. Ach, er war so unschuldig, so sanft, so fromm, so gut! —

Um 1 Uhr starb er, der blondgelockte, sanfte, ach, fast zu gemüthliche Knabe! — Hätte er wohl in die rauhe Welt gepasset? Diese sanfte, ruhige liebe Seele! Frühe fand der Ewige ihn reif zu dem Genusse der sanften, stillen Freuden himmlischer Regionen! Und gewiß, darum nahm ihn der himmlische Vater väterlich — gütig zu sich. Wir Andere müssen erst durch die Feuer- und Wasserproben mürb und weich werden. Möchte ich mit ihm wieder zusammen kommen! —

Am 7. Januar. Besuch bei der Mutter. Ich ließ einen Condolenz-Brief zurück. — O Gott! wem die Gabe verliehen, Geister zu beschwören und Todte zu beleben! Sei uns gnädig, lieber Vater! Der Herr führe uns Alle zu sich hin. Amen. —

Am 8. Januar. Wie reich, innerlich reich fühle ich mich. Welcher sichtbare Schatz wiegt solch ein Gut

wohl auf? Ja, welche Freuden können damit ver-
glichen werden?

Welcher Schmerz in mir — und welche Seligkeit!
Ich revidire mein Leben, beffere, mache gut — und
bin beffer. Wie viel wird er mir, der herrliche Knabe,
dieser Engel, der durch die Krankheit wahrhaft für den
Himmel erzogen wurde!

Ja, wer ermißt den Schmerz der Mutter!

Heute die Antwort derselben auf meinen Brief.
Welcher Schmerz und welche Innigkeit! Ja, für alle
Arbeiten, Lasten, Trübsal in Elberfeld bin ich reich,
überreich belohnt! —

Wie theuer ist mir mein Amt! Wie lieb die Jugend! Jetzt seh' ich den Fleck, wo gewirkt werden kann
und muß. Laß fahren, thörichtes Herz! weite Aussichten, und lebe einzig deinem Amte! Jetzt glaube ich
zu wissen, wozu Gott mich geschaffen. — Die Gemüths-
welt, die Welt des Unsichtbaren förbern durch das
Sichtbare. — O leite mich an deiner Hand, dann
wandle ich in Liebe, Friede, Vertrauen, Seligkeit! —

Wie unglücklich ist der Mensch, der dieses Innere,
Heilige nicht kennt, nicht liebt, nicht übt. Was ist so
gewiß, als das unsichtbare, herrliche Reich verklärter
Geister! Jetzt ist's mir gewiß, daß verwandte Gemüther
nur sich unaussprechlich lieben können. Meine Liebe
zu Bernhard ist eine solche! O daß sie ewig dauern
möge! —

Am 12. Januar. Bernhard durchlief in 50 (10—50) Krankheitstagen alle Stadien des Lebens. Und was andern Sterblichen, die leiden können, 50—60 Jahre sind, das waren ihm die Arzneien, Schmerzen. Er äußerte die Umsicht des Mannes in seinen Urtheilen, und eine Gemüthlichkeit, die nur den edelsten Menschen eigen ist. Und welche Offenheit und wiederum welche Abstoßung! Er hatte Alles, was auf Erden gelernt werden soll, gelernt und darum konnte er nicht leben. Wer wollte sich getrauen, solche Erzogenen zu erziehen. Zur Mutter vor dem Tode sprach er: Komme bald! — — —

Sit ei terra levissima.

Am 13. Januar. Frau Wever ließ das Lied Hebels: „auf einem Grabe", das ich ihr vorgelesen, bei mir holen. Gott tröste doch die arme, unglückliche, von Leiden so tief gebeugte edle Frau! Möchte ich mehr dazu beitragen können!

(Zwei Briefe von der Mutter Bernhard's liegen noch in dem Tagebuche, aber eine Abschrift des Condolenz-Briefes ist leider nicht vorhanden. Die Mutter überreichte Diesterweg zum Andenken an Bernhard dessen Reißfeder und Federmesser.) „Nach Allem" schreibt sie, „was Bernhard von Ihnen erzählte, achtete ich Sie hoch, und wie ich Ihnen auch gestern sagte, that es mir leid, daß wir uns so fremd waren. An dem Krankenbette meines Kindes wußte ich nicht, ob

ich mehr den gefühlvollen Menschen lieben, oder den
vorzüglichen Lehrer in Ihnen bewundern sollte. Bernhard sagte mehrere Mal: hab' ich Dir's nicht gesagt?
und bekräftigte das früher Gesagte." — — — —

Am 27. Januar. Ja, dir Aufrichtigkeit,
dir schwör' ich auf's Neue! Wie bewährt bist du
erfunden in dem schönen Verein, der die Schule heißt!
Wie ist's möglich, daß der, der nur einmal ihren Werth
erkannt, dein Wesen geschätzt, deinen Erfolg und deine
Wirkung erlebt hat, sich jemals wieder von dir wende!
Du allein bist die Basis alles höheren Wirkens, du
allein fundirst so recht tief die Demuth, Geduld, Sanft-
muth, den Ernst und das ewig — eine Wollen und
Streben! Ja, du wirktest Schönes, Wahres, Gutes,
Göttliches. O welch Gefühl, Menschen im Innersten
anzuregen und das Bessere in ihnen im Grunde auf-
zuwühlen! —

Laßt uns besser werden, gleich wird's besser sein!

Aus dem Umgang mit Wilberg.

Wenn die Menschen doch einmal bedächten, daß
meine Religion für mich ist, mir allein ausschließ-
lich angehört, zur Mittheilung, zum Unterricht gar
nicht da ist; meine Moral aber auch die anderer
Menschen ist, sein muß und werden soll. Daher gehört in die Schule vorzüglich Moral, der geschichtliche
Theil des Christenthums nicht ausgeschlossen. —

Ein Mensch, der meinen Glauben nicht hat, ist deswegen noch kein un- und auch noch kein irrgläubiger. Es kommt nicht darauf an, welchen Glauben ein Mensch hat, sondern darauf, was der Glaube aus einem Menschen macht. „Zeige mir deinen Glauben durch deine Werke." —

Bekehrung zu einem andern Glauben findet nicht statt, denn der Glaube an das Göttliche ist uns schon mitgegeben, und es bedarf nur der Anregung. —

Das Thier sieht äußere Gegenstände (nimmt wahr) mit dem sinnlichen Auge, der Mensch macht Wahrnehmung des Aeußeren mit dem geistigen Auge vermittelst des Sinnlichen. —

An jedem Körper nehmen wir wahr Materie und Form. Ebenso enthält jede Vorstellung einen Inhalt und eine Form. Letztere ist willkürlich und kann verschieben sein und die Formen der Vorstellungen heißen Wörter. Lehrst du solche und zuerst, ohne Inhalt, so ist dein Unterricht leer, hohl. (Maulwerk). —

Wilberg sagt: es gibt nur eine Methode? Unter dieser Behauptung kann ich mir nur denken, daß er den Begriff dessen, was Methode ist, meinet. Und der ist natürlich nur einer. Aber diese Abstraction zerfällt in viele Arten. Es gibt viele Arten des allgemeinen Begriffs Methode. Und diese Arten enthalten wie alle Artbegriffe alle Prädikate ihres Gattungsbegriffes. Und wenn nach Bernhardi diese Prädikate vollständig aufgezählt heißen:

Einheit, Ordnung, Vollständigkeit, Klarheit, so möchten sich diese in jeder guten Lehrmethode finden. Denn Methode ist doch die Weise, wie der Lehrer dem Schüler zur Kenntniß eines Ganzen verhilft. Und in dieser Hinsicht gibt es so viele Weise, als Lehrobjecte, daher viele Methoden, von denen jede für ihren Gegenstand die einzig wahre, die beste ist. —

Schluß eines Briefwechsels zwischen Diesterweg und einem Lehrer, das Schulpflegeramt betreffend. Wilberg.

Es bedarf meiner unmaßgeblichen Meinung nach noch immer einer Veranstaltung, um die jetzigen Lehrer in's rechte Gleise zu bringen, darin zu erhalten und mehr und mehr zu ihrem hohen Berufe zu befähigen. Von diesem Bedürfniß hat mich Autopsie überzeugt und in den meisten deutschen Provinzen wird es so sein. Wie ist zuerst diesem Bedürfniß abzuhelfen? Dadurch, daß man die kenntnißreichen, gediegenen und tüchtigen Lehrer aufsucht, und sie beauftragt, die in ihrer Umgebung lebenden Elementarlehrer bei sich zu versammeln, und dasjenige zu veranstalten, was diese Umgebung, Localumstände nöthig machen, um dem Baume der Erziehung und des Unterrichts saftreiche Früchte abzulocken. Jeder gereifte Lehrer stehe so an der Spitze einer Lehrerversammlung und von der Regierung gehörig unterstützt, trage er das Seinige dazu bei, daß

es mit den Lehrern besser werde; er werde der Mittel=
punkt gemeinsamen Strebens; er werde die Leuchte seines
Bezirks, der Stützpunkt für alle, der Träger des Bes=
seren, und der, der das faule Holz wegschneidet; er för=
dere ihre Erziehung und Belehrung, denn nur der er=
zogene Mensch kann erziehen.

Vielleicht halten Sie die Ausführung dieses Vor=
schlags für schwierig, vielleicht für unmöglich. Aber,
mein Freund, dieser Vorschlag gehört nicht mir an,
sondern ich nehme ihn aus dem Leben im Preußischen,
wenigstens am Rheine ist er ausgeführt, und durch die
Person der Schulpfleger wird das erzielt, was ich
nannte. Um Sie von der hohen Wichtigkeit und Zweck=
mäßigkeit dieser Einrichtung zu überzeugen, so erlauben
Sie mir, Ihnen das Wirken und Streben eines Schul=
pflegers, den ich genau kenne, und der als Realist hin=
stellt, was die Idee des Amtes will, mit wenigen Worten
zu schildern; bleibt und läßt auch das geschriebene Wort
nur todt, so vergessen Sie nicht, daß der Geist nur und
das lebendige Wort lebendig macht.

Dieser Schulpfleger (es war Wilberg in Elber=
feld) versammelt jeden Sonnabend Nachmittags 1 Uhr
die Elementarlehrer aus seiner Umgebung. Obgleich
keiner an diesen Versammlungen Theil zu nehmen ge=
zwungen wird, (welchen Zwang man da, wo er nöthig
ist, nicht scheuen sollte), so beträgt die Zahl der Theil=
nehmer gewöhnlich gegen 50, oft 60. Einige eifrige

Lehrer lassen es sich nicht verdrießen, einen Weg von
3 Stunden zurückzulegen, und alle stehen im Amte,
entweder als Inhaber einer Schule oder als Gehülfen.
Männer von 40—50 Jahren sind darunter. Während
der Zeit, daß ich Gelegenheit hatte, die Versammlungen
zu besuchen, umfaßten dreierlei Gegenstände die jedes-
malige Beschäftigung von 2—5 Uhr. Zuerst wurden
einige Sätze diktirt, deren Inhalt in wichtigen, das
Lehramt bezielenden Wahrheiten bestand; Sätze, welche
Gelegenheit darboten, mancherlei praktische Bemerkungen
über Sprache hinzuzufügen; Sätze, welche nach und nach
einen pädagogischen Katechismus bildeten. Hierauf folgte
zu damaliger Zeit ein Cursus der Geographie, mit Benutzung der von der Preußischen Regierung diesem
Schulvereine geschenkten Düsseldorfer Karten. Der Vor-
steher verlor damit keine Zeit, durch Aufstellung statisti-
scher Notizen und inhaltleerer Nomenclatur, welche
aus jedem geographischen Lehrkursus zu nehmen sind,
das Gedächtniß voll zu pfropfen, sondern durch Auffassung der Hauptverhältnisse des Landes und der Menschen
ein lebensvolles Gemälde im Ganzen hinzustellen und
diesem meist so sterilen Gebiet des Unterrichts eine
fruchtbare annehmliche Seite abzugewinnen. In letzter
Stunde wurde eine Stelle aus einem Werke Dinters
gelesen. Doch, was sage ich? Gelesen, wahrlich nicht.
Dieser Ausdruck bezeichnet eine mechanische Verrichtung,
ein schulmäßiges Kunststück — hier in dieser Versamm-

lung war nichts mechanisch, nichts pedantisch. Doch
wie wollte ich Ihnen Alles das beschreiben, welche Geistes=
funken hier ausgestreut, wie Geist, Gemüth hier so
kräftig und erquickend belebt wurden. Auch hier gilt,
wie von Allem, was die innere Tiefe des Gemüths be=
lebt, erzieht und bessert, wie von Allem, was bleibend
herrlich ist und groß, und deßwegen unmeßbar: „Was
sichtbar ist, das ist zeitlich; was aber unsichtbar ist,
das ist ewig" und umgekehrt.

Der Schulpfleger theilte aus der Fülle seiner Er=
fahrungen das Wissenswürdigste mit, fern von allen
theoretischen Speculationen; Alles war aus dem Leben
selbst gegriffen und veranlaßte die Lehrer, mit Freimü=
thigkeit ihre Erfahrungen dagegen zu halten, Gegenbe=
merkungen zu liefern, und so entstanden die lehrreichsten
Dialogen und interessantesten Discussionen.

Ferner vereinigte der Schulpfleger in sich ein rei=
ches Wissen, eine umfassende Kenntniß der pädagogischen
Literatur mit gewandter Urtheilskraft, mit Witz und
Scharfsinn. Und anstatt daß bei Vielen eine langjäh=
rige Erfahrung ihren Eifer abgekühlt, ihrem Wirken
Einseitigkeit aufgeprägt hat, so ist hier bei diesem Manne
ein Glühen für die Erziehung der Jugend, ein edler
Stolz auf sein Amt, ein Leben und Weben in dem
Amte und für dasselbe sicht= und fühlbar. Er lebt in
der Sache, die Sache in ihm, treibt die Pädagogik nicht
um des Amtes, sondern das Amt um der Pädagogik

willen. Durch sein ausgeprägtes Leben, kräftiges Handeln, seine gemüthliche Behandlung durchdringt er den
Lehrer von der Wichtigkeit seines Amtes, zeigt ihm den
hohen Werth desselben, der ihm reichen Ersatz beut für
viele Entsagungen des Sinnenlebens, Ersatz für Zurück-
setzung und Hohn der vornehmen Welt, Ersatz durch
stille Berufstreue. Hier fühlt der niedergeschlagendste
Lehrer nach vollendeter Wochenarbeit sich wieder als
Mensch, fasset neuen Muth für die folgenden Tage
und Entschlüsse, kräftig zu sein und zu werden nach
dem lebendig ihm vorgehenden Beispiel. Wie ist es
auch anders möglich, als daß ein gereifter, in seiner
Sache vollendeter Mann ermunternd und belebend auf
die, welche denselben Beruf haben, einwirken sollte.

In dieser Lehrerversammlung herrscht eine Aufmerksamkeit, die der Andacht verwandt ist, eine Lebendigkeit, eine so fröhliche Stimmung, welche ergötzt und
erbaut und der ähnlich oder gleich ist, welche in Kir-
chen stattfindet, in denen der Redner mit ächt christlicher
Salbung d. h. so redet, wie wahre Begeisterung es ihm
eingibt. Die stattfindende Erbauung spricht sich auch
in dem vollen runden Gesange aus, welcher die Ver-
sammlung schließt. O, daß doch der Mensch, welcher
an dem glücklichen Erfolge menschlichen Wirkens selbst
wenn es mit aller Hingebung geschähe, verzweifeln kann,
käme und sähe, wie hier Menschen, meistens aus niederen Ständen, ergriffen und belebt werden für die

höchsten Güter des Menschen, für Tugend, Frömmig=
keit, Gemeinwohl und Erziehung überhaupt, welcher
Segen würde für ein Land kommen, das viele solcher
Versammlungen in sich schlösse! —

Am 23. Januar 1820. Neigungen.

Gegeben haben wir uns allerdings die Neigung, Ver=
wandtschaft, Abneigung nicht. Und so können wir uns die
Afficität zum Innern, Uebersinnlichen nicht geben. Sie ist
uns Allen gegeben. Aus Gnaden. Die Verbindung
mit ihm können wir hemmen, ihm widerstreben, und
sie befördern — durch Anregung des Gemüthes, durch
Liebe zu Wahrem, Schönem, Gutem, also durch Fesse=
lung an Analoges. Denn die Genannten sind ja Ver=
wandte des Uebersinnlichen. Das ist für den Erzieher
der Weg, auf dem er seine Zöglinge zum ewig Schönen
hinleitet. Erzwingen kann er's nicht. Er muß nur
für Regen und Sonnenschein und laue Lüfte sorgen.
Dann wird der Baum schon Blätter, Blüthen und
Früchte treiben.

E. v. Rochow. Der edle Mann dehnte seine
menschenfreundliche Bemühungen sogar auf einen Knaben
aus, der ganz stumpfsinnig war. Durch öftere Versuche
brachte er es dahin, daß derselbe anzugeben im Stande
war, was er nicht thun dürfe.

v. Rochow. Was darfst Du nicht thun?

Er. Die Gänse nicht werfen, keine Steine in den

Garten werfen, die Kinder nicht schlagen, keine Aepfel wegnehmen 2c.

Am 4. Februar 1820. Ueber Grundsätze.

Wenn Grundsätze die Richtschnur des Handelns eines Menschen sind, ist dieses das Höchste. Oder gibt es noch ein Wirken, herfließend aus tiefer liegender Quelle?

Das Kind handelt nach Instinkt und Temperament; bewußtlos gut. So soll es sein. Aber wenn die Jünglingsjahre kommen und die wilden Begierden, woher soll dann die Bändigung derselben kommen, wenn nicht durch Regeln und Vorschriften, welche die Vernunft und das Gewissen vorhalten d. h. durch Grundsätze. Diese Grundsätze stehen nun gewissermaßen noch außer dem Gemüth; die Vernunft stellt sie als Leitstern hin. Aber sie sollen in's Gefühl und in die Tiefe des Herzens aufgenommen werden, dem Worte und dem Bewußtsein nach ganz verschwinden und mit dem Menschen ganz verwachsen. Er handelt zwar diesen Vernunftgesetzen gemäß, aber er denkt nicht daran. Sie sind in ihm lebendig geworden, unbekümmert überläßt er sich denselben. Seine Natur ist nun zur harmonischen Einheit gelangt. Der Wille braucht nicht durch's starre Sittengesetz gebrochen zu werden. Gesetz und Wille sind identisch. Das ist und soll der wahre Mann sein. Muß er immer noch die Grundsätze, die er einmal als die wahren erkannt hat, im Auge festhalten, so ist sein

Tugendthum noch nicht lebendig, noch nicht er selbst
geworden. Und das ist dann noch wenig.

Bewußtlos und gut handelt das unschuldige Kind.
Bewußtlos gut auch handelt der Mann. Beide Arten des
Handelns sind in ihrer Quelle verschieden. Das Handeln
nach Grundsätzen bildet den Uebergang von jener zu
diesen. Daher darf man bei Maximen nicht stehen
bleiben, aber ihre Wichtigkeit für die Erziehung ist sehr
einleuchtend.

Also ohne diese Fertigkeit, erlangt durch beständige
Uebung, welche die Tugend dem Menschen zur andern
Natur machte, bleibt der Mensch noch sittlich unvoll-
kommen, und es läßt sich nicht ein für allemal zum
Voraus entscheiden, wozu seine Freiheit sich bei einer
Alternative bestimmen würde. Auf ihn, den nur nach
erkannten Grundsätzen handelnden Mann kann man
also noch nicht bauen und trauen.

Kleine Bemerkungen.

1. Petrus Wille und Kraft; Johannes Innigkeit
und Liebe; Jakobus Praxis und Leben und Wirksamkeit; Paulus Verstand.

2. Dreifacher Gesichtspunkt der Erlösung:

    a) tägliche Erwerbung — Messe — Katholiken.

    b) Erwählung durch Gnade — Prädestinisten.

    c) Zueignung durch Glauben und thätige Liebe —
        Protestanten (Lutheraner).

3. Prüfe neue Gedanken an den Höchsten, ob sie damit stimmen oder widerstreiten.

4. Der Mensch (das Mädchen) muß sich erst in die Verhältnisse des Lebens fügen lernen, ehe es sie begreift.

5. Junge Blüthen können den Frost nicht ertragen. Ein einziger kalter Nebel tödtet sie. Früchte aber werden durch Nachtfröste gezeitigt und saftreicher. Ebenso welkt das Menschliche im zarten Kinde durch unfreund= liche Behandlung und Noth; Erwachsene und Charakter= menschen erstarken durch beide.

6. Die Anlagen der Seele können nie verloren gehen, denn sie ist eine Einheit, keine Vielheit. Theil= barkeit findet nicht statt. Theilweise Vernichtung wäre gänzlicher Tod. — Das Verhältniß der Seelenkräfte soll durch den Sündenfall gestört und durch eigene Kraft nicht wieder herzustellen sein.

7. Frage an einen Pfarrer: Besteht die Haupt= tendenz des Christenthums in der Erstrebung der höchsten Sittlichkeit, des moralischen Ideals?

Pfarrer. Nein, sondern &c. ein panegyrischer, poe= tischer, naturphilosophischer Gallimathias von Gnade, Glaube, Liebe &c, den ich nicht verstand.

Pfarrer G. D. Krummacher sagte am 15. März 1820 in einer Wochenpredigt, daß alles, was ein Mensch thun möge, nur Gott oder Christum

näher zu kommen, vergeblich sei; hier helfe weder gute
Werke, noch Reue und Buße, noch Gebet, noch sonst
was. Gott müsse das Alles erst durch den heiligen
Geist in einem Menschen erwecken, ohne welches der
Mensch zu nichts fähig sei. Erwecke Gott nicht
das Dankgefühl im Menschen, so könne er auch nicht
danken u. s. w.

Ein Mensch könne in dem Sinne seiner Sünden
sich freuen, daß er seine ihm gewordene Begnadigung,
deren Gewißheit ihm Gott offenbart, nicht sich selbst,
sondern allein dem Heilande und dessen Verdienste zu=
schriebe. —

Jeder Mensch sei von Natur ein Barrabas.

(Die Pädagogik und alle praktisch wirkenden Men=
schen werden dieses Ohnmachtssystem nicht aufkommen
lassen. Sonst wäre es besser, den ganzen lieben Tag
im Bette zu liegen und zu dämmern.)

Am 30. Mai 1820. Vorsatz.

Und wenn dich etwas verwirrt, die Zeitereignisse
dir nicht klar werden wollen, und wenn du Pflichttreue
und weise Benutzung der Zeit, sowie freie Humanität
und wissenschaftliche Umsicht anschauen willst, so denke
an den trefflichen Arzt und was mehr sagen will, den
herrlichen Menschen Rauschenbusch.*)

---

*) Carl Rauschenbusch war der Sohn des ev. luther.
Pfarrers H. E. Rauschenbusch in Elberfeld. Pfarrer Leipoldt

Am Abende eines bei Obigem abgestatteten Besuches, in Erinnerung einer tiefen, gemüthlichen Unterhaltung mit diesem Geiste, am Vorabend meines Abschieds=tages von unseren Schülern — und unter sprachlosen Danksagungen gegen den Vater der Menschen.

Am 31. Mai 1820. Abschied von der Rektorat=schule.

In der ersten Klasse schloß ich mit der Astronomie, zeigte, daß jeder Stern dadurch dem Menschen ein Vorbild sei, daß er leuchte und erwärme. Auch dies war mein Bestreben.

Zweite Classe. Ich scheide mit Ruhe, mit gutem Be=wußtsein, mit Wünschen für das Wohl der Schüler

---

sagt 1840 in seiner Biographie des Vaters: „Beide, Vater und Sohn übten 6 Jahre hinburch, Jeder an seiner Stelle, gemein=schaftliche Krankenpflege. Ihm als jungen Arzte, war der Ver=lust seiner Kranken durch den Tod fast unerträglich, namentlich wenn es an menschlichen Zufälligkeiten, oder Versäumniß der Umgebung gelegen war — er eilte dann des Vaters Tröstungen zu, der ihm in solchen Stunden zurief: „Weißt Du nicht, daß Gott die Menschen sterben läßt.“

„Was Rauschenbusch als geistvoller Arzt mit seiner großen Kenntniß in dem ganzen Gebiete der Heilkunde, mit seiner emi=nenten Erfahrung und selbstständiger unabhängiger Handlungs=weise — was er als theilnehmender Menschenfreund in seinem ganzen, großen Kreise gewesen, das hat sich bei seinem frühen vielbeweinten Tode tief und unvergeßlich ausgesprochen, und sein Gedächtniß wird unverwelklich fortblühen.“ E. Langenberg.

und der Schule — und vor Allem mit Dank gegen Gott. Und wodurch kann der Mensch sein Dankgefühl zuerst kund thun?

Antwort: Durch redliches, treues Wirken. Amen!!!

————————

III.
Mörs.

Diesterwegs Selbst-Biographie vom Jahre 1820.

Mannheim. ● Schwanken in intellektueller und moralischer Hinsicht. Klippen. Druck und Gährung. 1810—1811 Dezember.

Worms ● Seliges Vertrauen zu Menschen. Naturleben und Kraftgefühl. Begeisterung in Liebe. 1812—1813 Februar.

Frankfurt. ● Kampf gegen innere und äußere Feinde. Entzweiung mit mir selbst und Unmuth und Unheil. — Streben nach vielseitiger Ausbildung, nach festem Lande im Wissen durch innern Lebensdrang. Allzu großes Fundament. Ich rettete mich selbst. — Begeisterung durch die Zeitereignisse. 1813—1818 Mai.

Elberfeld. ● Sclavendienst. Mechanismus und Maschinen. Abmüdung. Beschränkung der vielseitigen Richtung. Klarheit und Entschiedenheit des Lebenszweckes. Außen Abstoßung, im Innern Einheit und Selbstständigkeit. 1818—1820.

Mörs. ● Intellektuelle und moralische Freiheit. — Freiheit und Leben! Praktisches Wirken!!!

Dank! **Dank!** **Dank!**

Zur Geschichte des Seminars.

Im März 1820 machte das Königliche Konsistorium von Cleve-Jülich-Berg bekannt, daß mit dem 1. Mai a. c. zwei Schullehrerseminarien eröffnet werden sollen — ein evangelisches zu Mörs — ein katholisches zu Siegburg.

Am 3. Juni traf ich in Mörs ein. Und am 3. Juli eröffnete ich mit 14 Zöglingen die Anstalt.

Die Seminaristen mußten aber Ende September auf unbestimmte Zeit entlassen werden.

Erst mit Anfang Januar 1821 wurde ich zur Eröffnung eines zweiten provisorischen Kursus aufgefordert. Dieser begann nach der Mitte Januars mit 13 Zöglingen.

Endlich im Anfang März war beschlossen zwei protestantische Seminarien für die Rheinprovinz zu errichten und zwar in Mörs und Neuwied.

Unterrichtsgegenstände des ersten Cursus: Moral (katechetisch-sokratisch) u. s. w. vide den Lektionsplan.

Zweiter Cursus: Moral (philosophisch, in katechetisch-sokratischen Gesprächen), Katechisationen, die ich und die sie halten — deutsche Sprache, Geometrie, Kopfrechnen und Algebra, Zeichnen und Singen.

Am 22. August 1820. Religions-Unterricht.

Woher mag es kommen, daß der gute Unterricht

(namentlich der Religionsunterricht) guter, braver Lehrer
so wenig Früchte im Leben bringt, so gut vom Kopfe
gefaßt wird und so wenig auf's Herz wirkt? Einen
Hauptgrund finde ich darin, daß der Lehrer nicht außer
der Schule in praktischer Berührung mit dem Schüler
steht, nicht mit ihm lebt, so daß derselbe Gelegenheit
hat, zu beobachten, wie die schönen Grundsätze des Er=
ziehers in dessen eigenem Leben hervortreten. Zwischen
Schule und Leben, Theorie und Praxis liegt darum
eine tiefe Kluft, die nur das Leben des Schülers, nach=
dem er längst der Schule entwachsen, im glücklichen
Falle ausfüllt. Darum scheinen mir die Veranstal=
tungen mancher Lehrer, wodurch sie in praktische Be=
rührung auch außerhalb der Schule mit den Schülern
kommen, von großem Gewinn und wichtiger Bedeutung.
Und nur dadurch ergänzt sich Theorie und Praxis, und
in einem Individuum, seinem Erzieher, sieht der Zög=
ling beide Hälften der Menschenbildung, die geistige
(intellektuelle) und die moralisch=praktische ausgebildet.
Auf diese Weise ist der Lehrer ihm wahrhaft Erzieher
und sein Thun ist nicht mehr, wie so oft begrenzt
durch die Wände des Schulzimmers und für die kurze
Schulzeit, sondern es reicht in's Leben und durch's
ganze Leben des Schülers. Dann wird dem alten
Spruche genügt: non scholac sed vitae discendum.

Am 21. März 1821. Durch den künftigen Rector
der hiesigen Mittelschule (Carl Hoffmeister) wird mir

in der Folge Concentrirung meiner Unterrichtsgegenstände, wenn wir uns wechselseitig erleichternd die Hand
bieten.*)

Am 18. März 1821. Die Pfarrer und das Seminar.

Aus welcher Quelle mögen die Vorurtheile geflossen
sein und fließen, welche sich unter dem (größten) Theile
der Prediger (der protestantischen) gegen die Seminaristen verbreitet haben? Viele wollen lieber zu ihrem
Schulmeister einen ungebildeten und rohen (Bauern)
zum Lehrer haben, als einen Seminaristen; sie ziehen
einen Köhler- und Abergläubigen, einen Ignoranten
dem denkenden, Alles prüfenden, gründlich Unterrich-
teten vor. Sie haben dessen auch keinen Hehl und
viele erklären rund heraus, daß sie sich mit aller Kraft
gegen die auf irgend einem Seminar gebildeten Jünglinge, wenn man einen derselben in ihrer Gemeinde
anstellen wollte, wehren würden. Die Gründe dieser
Abneigung sind theils, zum kleinern Theil, in der Erfahrung begründet, theils rühren sie von Ansichten und
anderen Dingen her, welche den Geistlichen eben nicht

---

*) Dies geschah, indem Diesterweg aus freiem Antriebe am
Progymnasium, und Hoffmeister am Seminar Unterricht ertheilte.
E. Langenberg.

zur Ehre gereichen. Sie rühren her nach meiner Meinung:

1. aus der abschreckenden (übertrieben geschilderten) Erfahrung, die man mit den Zöglingen des ehemaligen Wesel'schen Seminars gemacht hat. Ich nenne sie übertrieben, weil das gewisse, dem Aeußeren anklebende, Burschikose, welches alle Jünglinge durch Zusammenleben annehmen, und den ernsteren Mann abzuschrecken im Stande ist, wenn er selbst seine Jugendzeit vergessen und verlernt hat, in die Gefühle des 18—20jährigen Jünglings sich zurück zu versetzen, gar nicht in's männliche Alter hinüberfolgt, sondern durch das praktische Leben schwindet, aber mit zu der Frühlingsbegeisterung des Menschen, die wir ja keinem verkümmern wollen, zu gehören scheint. Man denke nur an die Streiche der Theologie Studirenden, wie anderer Studirenden, auf den Universitäten. Macht dies unmöglich, nachher ein tüchtiger Mann zu werden? Aber wahrlich, wenn die Gemeinden die jungen Gottesgelehrten bei Commercen und auf dem Fechtboden zu erblicken Gelegenheit hätten, sie würden ihnen insgesammt einen Schnips schlagen. Und mit demselben Unrecht, mit dem die Geistlichen, die doch durch Erfahrung an sich selbst belehrt, anderen Sinnes sein sollten, jetzt jede jugendliche Aeußerung schmähen und verwerfen. Jenes sei hiermit rund heraus erklärt, daß wir gegen die sogenannten jugendlichen, lustigen Streiche gar nichts

haben, sie vielmehr gerne sehen, wenn sie nur mit Un=
schuld des Herzens und Offenheit des Charakters, fern
von Unlauterkeit, Unreinheit und Schlechtigkeit ver=
bunden sind. Gerade diese, eine Kraftfülle und einen
Thatenmuth verrathend, versprechen am meisten für's
männliche Leben, nicht aber die Kopfhänger, Stuben=
hocker, die Nachbeter, die Kriecher und alle dergl. Ich
berufe mich auf die Erfahrung Aller, welche die Stu=
denten beobachtet und nachher ins bürgerliche Leben be=
gleitet haben — wie auf das offene Zeugniß der Kräf=
tigsten unseres Geschlechts. Ich denke hierbei an Wil=
berg, Steins in Neukirchen und andere.

Einen zweiten und dritten und andere Gründe
der Vorurtheile gegen die Seminaristen liegt in den
Geistlichen selbst, von denen die meisten seit ihren Uni=
versitätsjahren rückgängige Schritte gemacht haben, die
jede neue Ansicht, jede Veränderung, Verbesserung, die sie
Neuerungen zu nennen belieben, hassen und schmähen,
weil es sie in ihrer Behaglichkeit stört, nicht selten ihre
Blößen aufdeckt; weil sie der Stufe der Gewohnheit,
worauf ihre Gemeinden stehen, fröhnen, weil sie
nichts so sehr scheuen, als die Unruhe und die Angst
des Selbstdenkens. — Dazu kommt der Stolz der
Geistlichen, die gewohnt sind, Alles unter sich zu
sehen, und von einem gescheuten Schulmeister fürchten,
er möge nicht immer in der dritten Stellung ihre
diktatorischen Sprüche vernehmen, sondern Gründe

verlangen. Hier liegt bei den Meisten der Hase im Pfeffer.

Die Erfahrung bestätigt alle diese Meinungen in solchem Grade, daß es weiter keiner Beweise bedarf. Von allen Geistlichen des Fürstenthums Mörs bekümmern sich 3 (jetzt 2) für die Schulen, Roß (Budberg) und Eßler (Capellen), früher auch Engels in Emmerich. Allen anderen fehlt jedes Interesse für die Schule. Furchtbare Thatsache! Jeder Pastor, der sich für die Schule nicht interessirt, ist gleichgültig gegen das heranwachsende Geschlecht, gegen die theuersten Interessen der Gemeinde, unbekümmert um Moralität, Aufklärung, Fortschreiten — ein nichtswürdiger, elender verachtungswürdiger Mensch. Dagegen welche Anhänglichkeit, Folgsamkeit, Nachgiebigkeit, Achtung und Liebe aller Lehrer hier gegen jene drei. Wie ist es auch anders möglich? Schon das persönliche Interesse will es nicht anders — dagegen gegen schlechte Geistlichen, gegen Uninteressirte oder Feinde der Volksschulenverbesserung hier die Opposition der Lehrer und Zwietracht — zur bleibenden Ehre der Lehrer. — Rappard (Pfarrer) in Neukirchen verbietet eines Tages dem Lehrer Steins den Unterricht in der deutschen Sprache. Steins weiset diese Nichtswürdigkeit mit Festigkeit ab. Jener beschuldigte diesen mit dem Vorwurfe (man höre), er mache den Bauer zu klug. Der Bauer dürfe nicht klug sein. Und er spinnt seitdem wahre Intriguen und falsche Anklagen gegen den wackern Lehrer, der eine der besten Schulen des Landes hat, und ungeachtet der Last der Mairie=Geschäfte weiter schreitet und sich fortbildet.

Ich selbst habe es mir zur Maxime gemacht, mit den Geistlichen ganz besonders Freundschaft zu erhalten, um ihnen durch mich selbst die Abneigung gegen das Seminar nach und nach zu benehmen, um ihnen jeden Vorwand der Opposition zu entziehen. Unbekümmert um die unendlich vielen Schwierigkeiten und Hinder= nisse, womit unsere Anstalt zu kämpfen hat, will ich meiner Ueberzeugung folgen, die Bildung der Zöglinge möglichst tief begründen, ihre sittlichen Begriffe auf= hellen, wahres Christenthum lehren und durch's Leben bezeigen, und sie, so viel an mir ist, tüchtig, tapfer, begeistert, fromm und edel machen, auf jede Weise.

Anmerkung 1. Diesterweg war, nach seinem Tagebuche, auch damals gegen ein gemischtes Seminar, weil er, wie er sagt, voraussah, daß durch die katho= lischen Geistlichen die Anstalt erst recht angefeindet und als ketzerisch erscheinen werden würde.

Anmerkung 2. In der Anmaßung vieler Geist= lichen gegen die Schullehrer erblickte Diesterweg einen menschenfeindlichen Aristokratismus, die Meinung, mehr zu sein, mehr Ansprüche machen zu dürfen. Gottlob, fügt er hinzu, daß es nicht überall mehr so ist. Gründ= liche Ausbildung der Lehrer ist einziges Radicalmittel. Qui bene distinguit, bene docet — daher nur Be=

förderung der Erkenntniß, der Einsicht, des Verstehens, Eindringens, Begreifens — allgemeine und freie Bildung.

Am 9. April 1821. (Notiz auf einem Blatt Papier.)

Welch ein Wetter! Jauchze meine Seele und freue dich des Herrn, des Himmels und der Erde! Die Natur lebt noch und noch der Allvater! Der Winter ist entflohen, die Pflanzen treiben. Die Knospen schwellen, die Lämmer blöcken, die Vögel singen und ich freue mich meines Daseins, meines Wirkens, meiner Bestimmung! Herr, segne! Dank, ewig Dank! Preis dem Herrn! O, welche Wonne, welche Herrlichkeit. Nun wohne ich höher, athme in reinerer Luft, bin näher dem Himmel! O daß ich stets näher käme! Segne die Erde, die Menschen und uns. Gib Segen zu meiner Arbeit und sei uns nahe! — — — —

Am 13. April 1821.

Konsistorialrath Bracht in Düsseldorf. (Katholik.) Er ist ein ausgezeichneter Mann, hat einen praktischen Blick, Kenntniß der Bedürfnisse der Elementarschulen und dessen was Noth thut. Er führte mich 1½ Tag in den Düsseldorfer Schulen umher.

Bracht wünscht, daß nicht alle Unterstützung der Seminaristen aus der Staatskasse fließen möge, sondern aus Gemeindekassen und denen der Privaten. Denn, welches Unheil könnte nicht ein Wöllner stiften, wenn ein solcher die ganze Jugend des Volkes in der Hand hätte!?

Nach Herrn Bracht's Meinung soll der Schul-

lehrer nicht so gestellt sein, daß er der erste des Dor=
fes sei, sondern so, daß er dem Mittel=Bauer gleich
stehe. Mit jenem, fügt Diesterweg hinzu, hat es aus
guten Gründen noch keine Gefahr. Aber unabhängig
in ökonomischer Hinsicht muß der Lehrer sein, so daß die
Befriedigung der bringendsten Bedürfnisse nicht abhängt
von der Gunst der Bauern und der Frequenz der Schule.
Aber in geistiger Hinsicht muß der Lehrer — wo möglich
— über allem stehen, so daß er unbedingt der Gebil=
deteste des Dorfes ist — den Prediger ausgenommen.

Im Mai 1821. Besuch.

Im Mai besuchten die Konsistorialräthe Grashof,
Bracht, Schultheiß zum ersten Male das Seminar und ver=
sicherten das Fortbestehen der Anstalt. Grashof hat den
Kampf um Erhaltung der Anstalt tapfer durchgefochten und
gesiegt.

Am 7. Juni 1821.

Ungemein (außerordentlich) wichtig ist es, die
jungen Leute vor der Seuche des Unglaubens, des
Naturalismus, der niederreißenden Kraft des
Spottes zu verwahren. Wehe ihnen, wenn sie die bib=
lischen Wunder als die Hauptsätze des Christenthums, wenn
sie überhaupt Aeußeres als die Basis desselben ansehen.
Die Wahrheit desselben und die Hauptvorzüge liegen im
Inneren, sind ihre innere Vortrefflichkeit. Achten,
schätzen, lieben und verehren sie daher nur diese Wahr=
heit, so mögen Zweifel gegen dieses oder jenes Dogma

in ihnen entstehen, die Hauptsache ist gesichert. Nir=
gends kommt es hauptsächlich darauf an, wer spricht,
sondern was gesprochen wird. Die Sache ist hier
mehr und höher als die Person. Sind wir nur in
der Hauptsache einig, so mögen einzelne Verschieden=
heiten in unserer Ueberzeugung von der Person (Jesu)
vorhanden sein. Wir feinden uns darum nicht an;
wir gehen brüderlich auf verschiedenen Wegen zu Einem
Ziele. Der Glaube an die Tugend und Reinheit der
Gesinnung, die Ueberzeugung, daß der Mensch sie im
Leben üben könne und solle, die gottergebene Gesinnung,
welche Alles auf Gott bezieht, und Alles aus Liebe zu
ihm thut, sind immer das Wichtigste. — Auch mit
den Zweifeln an christlich=dogmatische Dinge müssen sie
bekannt werden, weil sie von denselben ohnedies nicht
bewahrt bleiben können. Und welche Gefahr entsteht,
wenn sie vorher von denselben nie hörten und nicht
Einsicht genug haben, sie zu widerlegen.

Nach Wahrheit suche und forsche ich. Möchte ich
sie erkennen, möchte Gott mein Wahrheitsgefühl schär=
fen — er ist ja ein Gott der Wahrheit. Scheu vor
der Wahrheit schändet sehr den Menschen. Und wenn
die Widersacher der Bibel unumstößliche Gründe auf=
führen könnten, so müßten wir unsern Glauben, der
dann als Wahn sich erwiese, fahren lassen. — Was
den Menschen bessert, beruhigt, tröstet, ihn mit Hoff=
nung und Liebe erfüllt, das ist allezeit das Beste!

Anmerkung. An einem dieser Nummer vorher=
gehenden Datum reiht Diesterweg einige Schlußfol=
gerungen bezüglich eines rationell skizzirten Versuchs
(der aber nicht mehr vorhanden ist) über die Erhaben=
heit und Größe Christi. Als letzte Schlußfolgerung
sagt er:

Christus habe mehr offenbart als unsere Vernunft.
Er verdient nicht nur unsere Verehrung, sondern unsere
Dankbarkeit, unsere Liebe, unsere Anbetung. Mit Recht
wird er von allen Menschen angebetet, und er ist der
Göttliche, für den er sich ausgibt. Das höhere Ver=
hältniß, in dem er mit Gott stand, wird ausgedrückt
durch die Worte: Christus war Gottes Sohn 2c.

Am 22. Juni 1821. Mehrere Seminaristen
sind dünkelhaft hergekommen. Wie schwand der Wahn
in den ersten Wochen! Welche Demüthigung, Verzagt=
heit! Zweifel am eigenen Talent! So ist's recht.
Mehrere sind schon weggegangen, weil das Lernen ihnen
zu schwer wurde. Andere wollen weg. So möge sich
der Weizen von der Spreu scheiden!

Am 22. Juni 1821. Entwurf einer Katechisation.

Welche Gründe bestimmen die Menschen, sich dem
Lehramte zu widmen?

1. Herkommen — Beispiel. Die Söhne lernen gern
   des Vaters Handwerk.
2. Hoffnung auf einen Broderwerb ohne Anstrengung

— Arbeitsscheu, Liebe zum Schlendrian ꝛc. Scheu vor dem 3jährigen Militärdienst.

3. Hoffnung des Geldgewinnstes, der Geschenke, des Ansehens — Stolz, Hochmuth, Dünkel.

4. Liebe zu geistiger Arbeit — Liebe zum Lernen und zum Lehren — Liebe zu den Kindern — Wunsch, der Welt vorzüglich nützlich zu werden. — u. s. w.

Woran erkennt man es, ob ein Jüngling aus schlechten oder guten Beweggründen zum Lehreramte sich bestimmt?

Fröhlichkeit beim Lernen; Lust zum Denken, Schweres zu begreifen; Ordnungsliebe, Reinlichkeit; Deutlichkeit des Ausdrucks; Begeisterung bei der Vorstellung des Amtes, bei den Lehren begeisterter Erzieher — Beziehung des ganzen Denkens und Lebens auf das künftige Amt u. s. w.

Luther: Ich kenne kein herrlicheres Amt als das Lehreramt. Ich wüßte nicht, was ich lieber sein möchte.

Am 29. Juni 1821. Biblische Geschichte.

Mit dem Vortrag der biblischen Geschichte, welche theils erzählt, theils gelesen wird, also mit Bibellektüre und Bibelerklärung in Verbindung steht, werden Katechisationen des Lehrers und der Schüler verbunden, wöchentlich ein oder einige Male. So z. B. wurde jedem Seminaristen, nachdem in der ersten Woche der Bibellektionen die ersten 24 Kapitel der Genesis durch=

gegangen waren, ein Thema zur Ausarbeitung einer
Katechisation und zum Halten derselben gegeben. Aus
dem Gelesenen: z. B. Schöpfungsgeschichte, Allmacht,
Weisheit und Güte Gottes. Abrahams Uneigennützig-
keit — Abraham's Gastfreundschaft, Frömmigkeit —
Gehorsam gegen Gott bei Isaaks Aufopferung —
Gastfreundschaft bei Rebekka — schreckliche Folgen des
Neides und Hasses bei Kain — furchtbar schneller
Fortschritt im Sündigen bei Adams Ungehorsam bis
zum Brudermord und dergl.

Zugleich werden die schönsten Stellen dem Gedächtniß
eingeprägt, und die Seminaristen üben sich im mündlichen
Vortrag durch die freie Erzählung der biblischen Geschichte.

Die Stiftungsfeier des Seminars am 3. Juli 1821.

Ueber diese Feier liegt ein Heft vor mir, das den
Titel trägt: Die Feier des dritten Juli im Schullehrer-Seminar zu Mörs. 1821. Ein Wort
der Befreundung.

Diesterweg beabsichtigte, dieses Manuscript heraus-
zugeben und zwar mit demselben Motto, welches ich
der gegenwärtigen Schrift gegeben habe.

Am 3. Juli 1820, so heißt es in der Einleitung,
wurde das Schullehrer-Seminar zu Mörs mit 14 Zöglingen eröffnet. Obgleich dieser Tag nicht als der
eigentliche Stiftungstag angesehen werden kann, weil

damals die, dem königlichen Ministerium zustehende Be=
stätigung der durch die weise Vorsorge des hochlöblichen
Consistoriums in Cöln einstweilen begonnenen Anstalt
noch nicht eingetroffen war, und weil die förmliche Ein=
weihung derselben noch bevorsteht. Inzwischen sah das
Publikum von jenem Tage das Institut als begründet
an, und erwartete von der Zeit die gehörige Erweite=
rung und angemessene Dotirung. Da uns letztere zu
Theil geworden, so steht nun auch der ersteren kein
Hinderniß mehr im Wege.

Auch den Zöglingen der Anstalt war jener Tag
nicht aus dem Gedächtniß entschwunden, und da der
Herausgeber dieser Blätter eine fruchtbringende Er=
innerung an den geendigten Jahreslauf anzuknüpfen
gedachte, so trafen, Lehrer und Schüler, ohne daß eine
Vorbesprechung oder Hindeutung geschehen war, in einem
Gedanken zusammen. Die Zöglinge hatten in der Stille
am Abende vorher das Lehrzimmer mit Blumen pas=
send ausgeschmückt, und ich wurde nicht wenig über=
rascht, als ich dieselben (16) am Morgen des 3. Juli
auf eine ungewöhnliche Weise aufgestellt fand.

Nach geendigtem Gesange und Morgengebet, womit
die Beschäftigung jedes Tages beginnt, bat einer der
Zöglinge um die Erlaubniß, einige Worte sprechen zu
dürfen. An ihn reihten sich noch einige an. Da dieser
Theil der Feier des 3. Juli ganz ohne mein Vorwissen
und ohne mein Zuthun veranstaltet war, so schien mir

die Mittheilung dieser gesprochenen Worte unserer Zöglinge am geeignetsten, den unter ihnen und in der begonnenen Anstalt waltenden Geist charakteristisch darzu-
stellen. Aus diesem Gesichtspunkte beurtheile man den
Druck dieser Blätter.

Die Zahl der mitgetheilten Ansprachen ist acht.
Wir heben eine hervor:

„Wichtig und theuer, liebe Mitschüler, ist und bleibe uns
stets dieser Tag; er erinnert uns an einen wichtigen Augenblick
unseres Lebens. Heute ist es ein Jahr, daß wir diese Anstalt be-
sucht haben. Der heutige Tag war es, an welchem wir den
ersten wichtigen Schritt zu unserem Ziele thaten, in welchem wir
es uns zur Pflicht machten, durch treue Anwendung des Unterrichts unsern Verstand zu erleuchten und unser Herz zu veredeln,
damit wir einst, wenn wir dem Rufe des Vaterlandes folgen,
als treue Lehrer die hoffnungsvollen Knospen der Menschheit zu
schönen Blüthen und saftigen Früchten erziehen könnten. Schon
eine bedeutende Strecke der Zeit ist zurückgelegt, in welcher wir
berufen sind, uns tüchtig zu machen zu dem wichtigen großen
Geschäfte. Das Vaterland erwartet viel von uns und gewiß
Jeder, dem der Zweck seines Hierseins heilig ist, wünscht es sehn-
lich, den Hoffnungen des Vaterlandes zu entsprechen.

Trübe Aussichten boten sich unserm Blicke auch schon in dieser kurzen Frist dar; es schien, als wenn wir diese uns heilige
Stätte nicht lange betreten sollten; kaum angefangen den Weg
unserer Bestimmung zu gehen, wurden uns schon Hindernisse ent-
gegengestellt.

Doch der gütige Gott regierte es so, daß bald wieder der
trübe Nebel verschwand, und sich unserm Auge wieder eine herrliche Aussicht darbot, welche uns um so mehr zurief, munter auf
Gottes Zuversicht trauend die betretene Bahn ferner zu gehen.

Edler Lehrer, Ihrem liebevollen Unterrichte in dem verflossenen
Jahre verdanken wir es, daß wir uns schon manche nützliche
Kenntnisse verschafft, daß wir schon manche hellere Einsichten er-

langten. Ihre väterliche Liebe facht immer mehr die Liebe zum
Lernen in uns an, so daß jeder von uns, dem sie wohl am Herzen liegt, es Ihnen nie vergelten kann, was Sie für uns thaten.
Sie setzten uns in den Stand, immer mehr und mehr die Wichtigkeit des von uns gewählten Standes einzusehen, um auf diese
Weise den Weg zur Erreichung unseres Zieles selbst auffinden zu
können, und wo Sie als treuer Führer uns unterstützen.

Manchmal, liebe Mitschüler, müssen wir uns traurig zurufen:
haben wir unsern edlen Lehrer betrübet, manchmal durch Unacht-
samkeit gekränkt; doch mit mir faßt heute hier an heiliger Stätte
den Vorsatz: Wahrlich! künftig soll dies nicht von uns gesagt
werden können; alsdann werden Sie, theurer Lehrer, uns diese
Fehler auch verzeihen.

Beschenken Sie uns ferner mit Ihrer väterlichen Liebe, guter
Lehrer, und wir, liebe Mitschüler, laßt uns bestreben, dieser Liebe
würdig zu sein; dann werden wir einst nach einer langen Reihe
von Jahren heiteren Blickes in das lachende Land der hier verlebten Jugendjahre zurückblicken können."

Die Ansprache Diesterweg's lautete:

Willkommen hier an diesem Orte! Ich heiße Alle
herzlich willkommen! Ich freue mich eures Hierseins,
eurer Absicht und eures Zweckes. Mit dem Vertrauen,
daß ihr das Rechte wollet, habe ich euch in diese Anstalt aufgenommen. Mit der fröhlichen Zuversicht in
die Redlichkeit eurer Gedanken wollen wir das Werk,
so der Herr will, fortsetzen. Ihr seid ja hier, um nützliche Kenntnisse zu sammeln, nach Schätzen der Weisheit und der Erkenntniß zu graben, und das Fundament der Sittlichkeit und Frömmigkeit in Kopf und
Herz tiefer zu begründen. Sind das nicht hohe, große
Zwecke? Seid ihr nicht gekommen in der Absicht, euch
zu Menschen zu bilden? Fühlet das große Wort in

seinem ganzen Umfange, seiner umfassenden Aufforde=
rung, seiner tiefsten Bedeutung, das große Wort
Mensch! Ja, wir wollen Menschen werden, darum
sind wir hier. Menschen sind die Erstlinge der sicht=
baren Schöpfung, die Herren der Erde; Menschen ver=
stehen, begreifen und denken; Menschen wollen und han=
deln; Menschen glauben, lieben, hoffen; glauben das
Unendliche, Vollendete — Gott; lieben den Schöpfer
des Weltalls; lieben die Natur und beten an; Men=
schen hoffen auf den Geist des Herrn, hoffen seiner
Herrlichkeit theilhaftig zu werden in froher Ewigkeit.
Freunde! heißt das nicht hohem Ziele nachstreben, wenn
man Mensch werden will? O, es hat der Menschen
in der umfassenden Bedeutung dieses Wortes nie viele
gegeben! Möchte es uns gelingen, in menschlichem und
göttlichem Sinne ein Mensch zu sein und zu werden!
Ihr seid zu einem bestimmten Lebenszwecke hierher be=
rufen. O möchte es wahr sein, was ich hoffe und
erflehe, daß ein unwiderstehlicher Drang, Lehrer zu
werden, euch hierher führte! Seid mir gegrüßt, ihr
angehenden Lehrer! Ich selbst bin Lehrer, bin es mit
hoher Freude, und ich soll euch zu Lehrern bilden. O,
wie freue ich mich deß! Ist das nicht ein hoher, ein
wichtiger Zweck, sich zum Lehrer auszubilden? Ja,
wahrlich, schön und groß ist es, ein Lehrer mit Ernst
und Eifer werden zu wollen, es zu erstreben mit An=
strengung und Begeisterung, es zu erreichen mit Gebet

und Dank. Ja, ich preise dich, du schönes Lehreramt.
Uns liegt es ob, Bildner, Muster, Meister des heran-
wachsenden Menschengeschlechtes zu werden. Von uns
soll die Jugend Alles lernen, was nützlich, wahr, schön
und gut ist; wir wollen den Grund legen zu einer
besseren Zukunft; wir wollen Arbeiter sein in dem
Weinberge des Herrn. Sagt, ist das nicht groß, nicht
schön? Faßt euch nicht Begeisterung bei dem Gedanken, ein vollendeter Mensch zu werden, mit Wahrheit
ein Meister zu sein in der Kunst zu unterrichten und
zu erziehen! Ihr seid erwärmt und belebt bei diesem
Gedanken; unschuldigen Kindlein ihre Unschuld zu erhalten, Knaben und Mädchen die leitende Hand zu reichen, und Muster und Meister zu werden in Allem,
was herrlich ist und groß. Darum, junge Freunde,
sind wir hier; das ist das Ziel unserer gemeinsamen
Anstrengung; das ist der Beruf, dem ihr euch widmet,
der Lebensweg, den ihr erwählet. Und diese Wahl —
ich lese es auf euern Gesichtern — habt ihr nach reif-
licher Ueberlegung und mit Freuden ergriffen, und
freudig habt ihr diesen ersten Gang gethan. O, daß
ihr stets mit gleicher Freude jeden Morgen diesen Gang
thätet! Dann wäre die Erreichung jenes Zieles auch
gewiß, und der Zweck eures Hierseins erreicht. So
zeige du uns recht deutlich den Weg, die Mittel, die
Anstalt stets mit Freuden zu besuchen, so höre ich euch;
zeige uns, du unser Freund, die Straße, die wir wan-

deln müffen zum Tempel der Freude, wenn an ein
fröhliches Herz die Erreichung des Zieles unferes Hier-
feins geknüpft ift.

Kommt, ich will's; ich will euch die Mittel nennen,
durch deren Gebrauch ihr jeden Tag mit derfelben, ja
mit erhöhter Luft und Freude das Seminar befuchen
werdet. Ich rechne auf euer ungetheiltes Nachdenken,
ich darf dies, und ihr werdet, weil ich ja mit Freude
und Liebe die Wahrheit rede, meine Worte in treuem
Herzen bewahren. In diefer Hoffnung nenne ich unter
den Mitteln, welche euch den ftets freudenvollen Befuch
des Seminars erleichtern und möglich machen:

1) den Gehorfam. Gehorfam ziemt dem freien
Menfchen. Merkt es euch, Jünglinge, Gehorfam ziemt
dem freien Menfchen. Gehorfam ift nicht Sclaverei,
nicht Zwang und Pein; Gehorfam ift Unterwerfung des
eigenen Willens unter das Gefetz. Wer gehorfam ift,
will nur das, was das Gefetz will, will nur das recht-
und gefetzmäßige; nie das herrifche, felbftifche, nie das
rechts- und gefetzwidrige. Und diefer Gehorfam ift die
erfte Pflicht. Woher wollte eine Gefellfchaft von Menfchen, verbunden zu gewiffen Zwecken, Beftand und
Dauer nehmen, ohne Gefetze, ohne Achtung und Gehorfam jedes Einzelnen gegen das Gefetz, das gegeben
ift, die Ordnung zu erhalten und die Erreichung der
Zwecke der Gefellfchaft möglich zu machen? Ohne Achtung vor dem Gefetze befteht auf die Dauer kein Ver-

ein; ohne sie hat kein Hauswesen gesicherte Existenz;
ohne sie fallen Staaten in die Tigerklauen der Revolution und Anarchie; ohne Achtung vor dem Gesetze
zerstört die Welt sich selbst. Wer das Gesetz in des
Menschen Brust nicht achtet, wird nie Bürger des
Himmels. Ja, ohne Gesetz stürzt der Weltbau in ein
wüstes Chaos zusammen und vernichtet sich selbst. Darum pflegt man jedes Mitglied einer Gesellschaft auf
die bestehenden Gesetze zu verpflichten und denjenigen
auszuschließen, der sie grob verletzt. Der selbstständige
Mensch macht sich das gegebene Gesetz selbst zum Gesetz, und darum bleibt er ein freier Mann. Der Sklave
unterwirft sich nur demselben aus Furcht vor Verlust und
Strafe und darum ist er ein verwerflicher Knecht. Knechti-
scher Sklavensinn und Furcht entehrt den Menschen, aber
freiwilliger Gehorsam ziert ihn. Die Weltkörper und
der Stein dienen blinden Kräften und äußerer Natur-
nothwendigkeit, nicht so der Geist; das Thier gehorcht
blinden Trieben und die Gründe seines Gehorsams
gegen den Menschen sind ihm unbekannt. Darum heißt
sein Gehorsam ein blinder. Nicht also der Mensch,
wenn er zum Denken heranwächst, wenn er in die Epoche
der Vernunft eintritt; nun sieht er ein, was er soll,
warum er soll und wie er soll. Er gehorcht aus freiem
Entschlusse, nicht aus Hoffnung irdischen Gewinnstes,
nicht aus Furcht vor gedrohter Strafe; sein Gehorsam
ist frei, denn er macht das Gesetz sich selbst zum Ge-

ſetz. Alſo auch ihr Jünglinge! Kinder gehorchen blind=
lings den Befehlen der Eltern; der Jüngling aber gibt
ſich ſelbſt Geſetze und er fügt ſich gern und freudig den
Anordnungen der Geſellſchaft, welcher er angehört. Nur
dann gedeiht das Streben, nur dann iſt Einklang und
Harmonie im Einzelnen und Ganzen; nur dann iſt
Freude, Wonne. Gehorſam gegen die Geſetze, freiwil=
liger Gehorſam iſt die erſte Bedingung eines fröhlichen
Lebens im Seminar zu Mörs.

Auch meinem Wirken wäre die Freude benommen,
wolltet ihr nur der Nothwendigkeit euch fügen, nur
zwangvoll und ungern und mit innerem Widerwillen
thun, was recht iſt. Doch nein, das wollet, das werdet
ihr nicht. Mit willigem und freudigem Gehorſam
werdet ihr euch den zu treffenden Anordnungen fügen;
denn ſie bezwecken nur euer Beſtes. Gerne werdet ihr
Winke, Ermahnungen und Lehren eures Lehrers an=
hören und befolgen, denn er hat nur euer Wohl im
Auge. Ihr werdet das Geſetz anſehen, als ſei es von
euch ſelbſt entworfen, ja, ihr ſollt es ſelbſt entwerfen;
denn ihr ſeid den Jahren entwachſen, wo fremder Ver=
ſtand für euch denken, Anderer Einſicht euch leiten und
fremder Wille der eurige werden muß. Ihr kennt den
Zweck eures Hierſeins, ihr werdet die Mittel zur Er=
reichung dieſer Zwecke auffinden und ſie gebrauchen.
Dann weilt und wohnt hier Friede und Freude, dann
ſind wir hier lieber als anderswo, dann führen wir ein

freies und darum glückliches Leben; ein Leben nach den
Vorschriften des Gesetzes, nicht nach Laune und Will-
kühr. In freudigem Sein aber keimt und wurzelt die
Tugend; denn wahre Freude ist Tugend. Gehorsam
gegen Gesetz und Lehrer, denn der Lehrer ist der Re-
präsentant des Gesetzes, bestimmt euer Verhältniß zu mir.

Auch zu dem Stoffe, den wir bearbeiten, steht euer
Betragen in wichtigen Beziehungen, aus welchen, wenn
ihr sie klar erkennt, die zweite Bedingung eines fröhlichen Lebens im Seminar hervorgehen muß; es ist
der Fleiß.
Nicht im Schlafe erwächst dem Menschen das Glück,
im Schweiße deines Angesichts sollst du dein Brod er-
werben. Nicht in träger Ruhe wird der Erdgeborene
ein Mensch. Dahin führt nur Anstrengung und emsiger Fleiß. Werfet euern Blick auf die großen Männer
der Geschichte, und forschet nach, wodurch sie sich über
ihre Zeitgenossen emporschwangen! Nur durch ernstes
Wollen und Vollbringen. Das muß uns ermuntern.
Der träge, geistig-todte Mensch gleicht den niederen
Thieren. Faulheit schändet den Menschen, denn der
Geist soll herrschen über das Fleisch. Ruhe ist nur
nach vollbrachter Arbeit gedeihlich. Aus der Arbeit
quillt Segen für uns und Andere. Darum hoffe ich,
euch nicht vergebens zum Fleiße zu ermuntern. Blicket
auf die Jugend des Jahres, auf den Frühling, wie sich
Alles regt und beweget. Er sei in eurem Lebensfrüh-

linge Muster und Vorbild. Bejahrte Männer mögen nach thatenreichem Leben auf ihren wohlverdienten Lorbeeren ausruhen, euch ziemt's, darnach zu ringen. Gleich der Biene und Ameise sei euer Thun; die frühe Morgensonne begrüße euch am Arbeitstische und erst am späten Abend überlasset euch erquicklicher Ruhe. Mit munterem Sinne tretet in dieses Gebäude ein, verweilet mit Aufmerksamkeit beim Vortrage des Lehrstoffes, macht ihn euch mit Anstrengung zum bleibenden Eigenthum, prägt ihn mit emsigem Fleiße euerm Geiste ein. Durch gute Vorbereitung auf die Lehrstunden machet ihr den Boden bereit, den auszustreuenden Samen zu empfangen und durch stete Wiederholung des Gehörten und Erlernten sammelt ihr euch Schätze, die weder Motten noch Rost fressen.

Viel ist euch zu lernen aufgegeben, weit seid ihr noch vom Ziele. Das schrecke euch nicht, die ihr Kraft und Muth fühlet, Schwieriges zu überwinden, Schweres zu erlernen. Durch Kampf und Streit erstarken die Kräfte, durch errungene Siege wächst der Muth und Muth führt zu Thaten. Auf denn, seid stets rüstig zur Arbeit, zur geistigen Arbeit! Uebet Tapferkeit, Tapferkeit im Lernen und Ueben. Kein Tag vergehe, ohne daß ihr Rechenschaft geben könnt von der Anwendung derselben, keine Stunde vergehe, ohne daß ihr Neues erlernt habt, ja kein Augenblick verfließe vergebens. Ruhe nur nach der Arbeit und zur Stärkung

auf die bevorstehenden Stunden der Anstrengung. Dann
ist frohes Bewußtsein euer Lohn, nicht vergebens seid
ihr hier, und der Gedanke an wohlangewendete Jugend=
zeit wird euch am Rande des Grabes noch erheitern.
Fleiß ist die Mutter des Segens in irdischen und gei=
stigen Gütern. Die Schändlichkeit des Unfleißes, der
Faulheit, das Herabwürdigende der Trägheit brauche
ich euch nicht erst zu schildern. Ihr werdet die Kräfte,
die Gott in euch legte, weise gebrauchen und dann seid
versichert, daß kein Gang ins Seminar euch sauer wird,
daß die Stunde der Lernzeit euch nicht unangenehm
überrascht, daß euer Leben im Seminar ein fröhliches
Leben sein wird.

Eine dritte Bedingung der ungestörten Fröhlichkeit
eures Lebens als Seminaristen geht aus der richtigen
Stellung hervor, in die ihr euch als Mitglieder der=
elben Gesellschaft, als Comilitonen zu setzen bemüht
sein müsset. Als Seminaristen steht ihr alle unter
demselben Gesetz, ihr habt denselben Lehrer, dieselben
Zwecke, dieselbe Verbindlichkeit, dieselbe Hoffnung. Re=
publikanische Freiheit möchte ich euer Verhältniß zu ein=
ander nennen. Keiner hat einen Vorzug vor dem an=
dern, als den, den er sich durch Thätigkeit in jeder Hin=
sicht erwirkt, und ihr werdet nicht verkennen, daß darin
ein Sporn zum edlen Wettkampfe für euch liege. Wohlan
denn, Jünglinge, die Rennbahn ist geöffnet, versuchet
eure Kräfte, ringet mit beharrlichem Muthe nach dem

Kampfpreise, nicht um nach errungenem Siege damit
zu prahlen, sondern um der innern Tüchtigkeit willen,
die den Kämpfer lohnet und mit der bescheidensten
Demuth innig verschwistert ist. Darum sei ferne von
euch jedweder Hochmuth, dünkelhafter Stolz, unredlicher
Ehrgeiz, Ruhm und Lohnsucht. Keiner erhebe sich über
den andern, keiner belächle den andern, keiner beneide
den andern, sondern seid freundlich, artig gegen einan=
der; die Freundschaft sei das schöne Band, das Alle
umschlinge. Ihr Glücklichen, vergesset nicht dieses Glückes,
ihr stehet in der schönen Zeit eures Lebens, wo die Welt
dem Menschen mit den fröhlichsten Bildern entgegen
lächelt; darum seid freundlich unter einander. Euer ju=
gendliches Herz hat noch nicht die bitteren Erfahrungen
des männlichen Alters gemacht, sondern ihr öffnet jeder
Unbefangenheit Ohr und Herz. So ziemt es dem Jüng=
ling, so ziemt es dem deutschen Jüngling ganz vorzüglich,
in dem besonders die preiswürdige Tugend unserer Vorfah=
ren: Lauterkeit des Herzens, Biederkeit des Sinnes, Treue
und Redlichkeit lebendig=thätig sein müssen. Darum seid
Freunde unter einander! Offenheit sei der Grundzug eures
Charakters und Wahrheitsliebe gegen Jedermann sei die
Zierde jedes Seminaristen. Aus der Freundschaft quillen
uns die reinsten Freuden. Wer keinen Herzens=Freund
hat, der stehle weinend sich aus diesem Bunde. Auch
böse Menschen sind zuweilen Freunde, nennen sich we=
nigstens also, aber das ist keine Freundschaft, keine christ=

liche Freundschaft. Ihre Basis ist Reinheit des Gemüthes, Lauterkeit des Wandels, Tugend und Frömmigkeit. Und damit ist im Allgemeinen

die vierte Bedingung ausgesprochen, unter welcher
hauptsächlich ein freudenvolles Dasein eurer erwartet.
Das ist das große Ziel unseres Zusammenseins, das
ist der Inbegriff alles dessen, was wir erstreben müssen,
erstreben wollen, nämlich Tugend und Frömmigkeit.
Machet die herrlichsten Fortschritte in dem Gebiete des
Wissens, bildet alle eure Geisteskräfte auf das vielsei-
tigste aus, werdet treffliche Lehrer, die Materie und
Form, Lehrstoff und Methode in gleich hohem Grade
sich zu eigen gemacht haben, aber ohne wahren edlen
Charakter, ohne Tugend und Menschenliebe, ohne Sittlichkeit und freien Sinn, und ihr seid umsonst hier gewesen, ihr seid unnütze, verderbliche Glieder der menschlichen Gesellschaft; es wäre dann besser gewesen, ihr
wäret in plumper Rohheit aufgewachsen; es wäre besser
gewesen, euch hinter den Pflug zu verweisen, mit dem
ihr wohl die Erde durchwühlen, aber dann wenigstens
nicht Menschenseelen verderben könnt. Fasset die Wichtigkeit eures künftigen Berufes ernst ins Auge, und
gedenket seiner ernsten Anforderungen an euch. Ihr
wollt Menschen unterrichten, dann müßt ihr selbst gut
unterrichtet sein; ihr wollt Menschen erziehen, darum
muß eure Erziehung einen hohen Grad von Vollendung
erreicht haben. Ihr wollt Meister sein in eurer Kunst,

wohl! diese Meisterschaft erreicht nur der edle, der gute, der fromme Mensch; ihr wollt Christenthum in das Herz der Jugend pflanzen, darum muß Christenthum euer Eigenthum werden. Wer selbst nicht erzogen ist, kann Andere nicht erziehen. Frömmigkeit sei der Grundzug eures Charakters. In dem inneren Heiligthum eures Herzens nähret das belebende Gefühl der Liebe zu Gott und zu Menschen. Eure Lippen brauchen und dürfen nicht strömen von dem Lobe des Unendlichen, von Sittlichkeit und Tugend, sondern euer Thun bekunde das Dasein und Leben jenes himmlischen Gutes. An sittlichen Erscheinungen, an eurem Fleiße, an eurer Verträglichkeit zu 'einander, an der Unwandelbarkeit eures gesetzmäßigen Betragens will ich es erkennen, ob ihr würdig seid des hohen Lehrerberufes. Fromme Gefühle sind ein Geheimniß des Herzens, edle Thaten sind die Frucht desselben. Nicht das Wissen, auch nicht das Können, sondern das Wollen alles dessen, was wahr, schön und gut ist, vollendet die Würde des Lehrers. O, daß ich euch den Inhalt dieser Worte tief in's Herz eingraben könnte! O, daß ihr heute den Vorsatz faßtet, fromme Lehrer zu werden! O, wenn ihr nie diesem Vorsatze untreu würdet! Nein, ihr werdet es nicht. Lasset mich mit fröhlicher Zuversicht zu der Reinheit eurer Gesinnungen, zu der Unwandelbarkeit eurer Absichten mein Amt antreten. Und ich will es, das gelobe ich euch. Gelobet euch ein Gleiches! Und dann verspreche ich euch die schnelle Förderung eurer Wünsche, dann entgeht euch nicht die Liebe Gottes, nicht das Wohlwollen der Menschen, nicht die Unterstützung unserer Regierung. Wer edlen Vorsätzen treu bleibt, dem bleibt auch die Obrigkeit treu. Edle Bestrebungen ermangeln nie eines schönen Erfolges. Ihr wollt euch tüchtig machen, geistig für Andere zu wirken, und darum werden diese Andern und deren Freunde leiblich für euch sorgen. Sorget nicht mit zaghafter Beklommenheit für den andern Morgen, sondern habt Muth zur eigenen Kraft, Zutrauen zu den Menschen und Vertrauen zum Allerhöchsten, dann ist freudenvolles Bewußtsein euer Lohn.

Fasset noch einmal den Inhalt dieser ernsten und wichtigen zu euch geredeten Worte zusammen. Ihr seid mit fröhlichem Herzen her gekommen, so wie ich; beantwortet euch selbst nun die Frage, wie es zu machen sei, daß ihr jeden Tag mit derselben Fröhlichkeit ins Gebäude des Seminars eintretet. Die Verwirklichung dieses Wunsches ruht in eurer Hand und die Mittel entspringen aus den erkannten und angewandten Verhältnissen zu eurem Lehrer, zu den Lehrgegenständen, zu einander und zu euch selbst. Gehorsam, williger, freiwilliger, freier Gehorsam gegen das Gesetz ist das erste; ausbauernder Fleiß das zweite; Artigkeit und Freundschaft das dritte; der Erwerb eines edlen Charakters das vierte und höchste. All euer Thun ent=

springe aus reiner Gottes- und Menschenliebe. Dann stimmt euer Inneres mit den äußeren Erscheinungen; dann werdet ihr gute Menschen, tüchtige Lehrer; dann führet ihr ein vergnügtes und fröhliches Leben, und dieses ist das Mittel zur Erreichuug eurer Bestimmung.

In stillem Gebete flehen wir um den Beistand des göttlichen Geistes.

Nach dem darauf erfolgten Gesang sprach Diester-weg den Segen:

Der Gott des Friedens und der Vater der Kinder, deren Engel sein Angesicht schauen, segne diese Anstalt, Euch und mich! Amen.

Anmerkung. Die übrige Zeit des Vormittags wurde mit Leibesübungen und gymnastischen Wettspielen, in wel-chen Bücher als Kampfpreise ausgesetzt waren, zugebracht.

Am 6. Juli 1821.

Der Unterricht in der Religions- und Sitten-lehre der Seminaristen sei allein auf sie selbst beachtet. Hierin bin ich mit Ehrlich (Seminardirektor in Soest) einverstanden. Es fragt sich, welche Eindrücke sind die stärksten? Diejenigen, von denen der Zögling weiß, daß sie auf ihn berechnet sind, oder die, welche er nur gelegentlich, gleichsam zufällig empfängt? Aussprüche denkender Menschenbeobachter, so wie die Erfahrung geben dem letzteren das größere Gewicht. Darum sei der Unter-richt in jenen Dingen (die erziehende und bildende Seite des Seminarunterrichts) so eingerichtet, theils unmittel-

bar mit Bewußtsein der Zöglinge und klar dies aus=
sprechend für sie selbst, theils in Anweisungen, wie für
Kinder gewirkt werden kann. Begreiflich nicht in kalten Vorschriften, sondern mit aller Tiefe und Wärme
des Gefühls, so daß man auf die Seminaristen
wirkt, wie man für Kinder zu wirken sie lehren will.
Obgleich, wie sie meinen mögen, letzteres allein oder
vorwaltend der Zweck des Lehrers sei; die Anwendung
auf sich selbst können sie nicht unterlassen zu machen.
Sie müssen nothwendig sich selbst, ihren Zustand mit
dem vergleichen, den sie im Kinde hervorbringen wollen,
und wenn letzteres ihr Ernst ist, so ist die Besserung
und Veredlung ihrer selbst nothwendig — gefühlte Be=
dingung und — der Erfolg. So behandle ich gegen=
wärtig die Geschichte Joseph's. Und wenn ich ihnen
z. B. über dieses Thema das Betragen guter Kinder
gegen Eltern zeige, wie man über diesen Gegenstand
mit schwachen und mit mehr gehobenen Kindern reden
muß, so scheint Methodik und Mittheilung desselben
hier mein alleiniges Augenmerk, obgleich dies vielleicht
gerade der untergeordnete Zielpunkt meines Strebens
ist. — Nach dem Satze: Mache, daß der Mensch viel
wird, gut ist, so wird er auch ohne Zweifel Gutes
wirken und gut lehren.

Am 17. Juli 1821.

Devant celni, qui pense, toutes les distinctons
civiles disparaissent. Reuchlin C. 10. p. 141.

Denken also die Seminaristen, so werden sie allerdings den Menschen nicht nach dem Werthe schätzen, den ihm conventionelle Einrichtungen, glückliches Geschick, Geburt, Reichthum, hohe Ehrenstellen geben, sondern mit dem höheren Maßstab, welcher bleib enden erworbenen innern Werth der Seele mißt. Verschwinden also wird die knechtische Demüthigung der dummen, die Vorurtheile der vornehmen Sklaven des gemeinen Lebens — aber bleiben wird durch das Denken und durch die Auffassung der Nothwendigkeit bürgerlicher Einrichtungen die äußere Achtungsbezeugung vor Hohen und Angesehenen — stets indeß unterscheidend das Amt, das der Mann bekleidet, von dem selbstständigen Werth desselben und wohl wissend, daß sich die Seele nicht immer mitbückt, wenn der Rücken sich krümmt.

Unter demselben Datum.

Wenn die Seminaristen sich Hefte über Geometrie ꝛc. ausgearbeitet haben, dann will ich jedem ein Buch über denselben Gegenstand in die Hand geben, welches mehr enthält (zum Sporn für's Weiterstudiren) als was er schon niedergeschrieben hat, und damit er unter Aufsicht und wenn es nöthig sein sollte, mit Beihilfe lerne, sich desselben zu bedienen. Der Grund, warum so viele Lehrer, in's Amt eingetreten von bildendem Umgange auf einsamen Dörfern oder in der Umgebung vornehm herabsehender Halbgelehrter (Falschgelehrter, sagt Jahn) ist nur der, weil sie nicht vermögend sind, Bücher zu verstehen, die

erft belehren und mehr geben, was sie wissen und in
schwerer Form als der Unterricht leistete und in todter
Form, wie alles Schriftwort. — Diese Maßregel scheint
mir wichtig. Nur dann schätzt man Bücher, wenn man
die Schwierigkeit, welche auszuarbeiten, kennen gelernt hat.
Im Juli 1821. Katechisation.

In dem Tagebuche dieses Jahres sind einige mehr
oder weniger vollständige Entwürfe zu Catechisationen
enthalten: z. B. über 1. Buch Mosis 24, 31. und
über die Geschichte Joseph's, mit Bezug auf den Satz:
Der Sieg der Tugend über das Laster ist nie ungewiß;
über die Geschichte des Sündenfalls als Geschichte des
menschlichen Herzens; über: Du sollst nicht lügen; über
eigentliche und uneigentliche Ausbrücke; Vergleichung
der Lehre der Israeliten mit der Lehre der Christen — das
Judenthum mit dem Christenthum (in Sätzen — zuletzt in
Bildern. Eine wichtige Uebung. Denn alles Denken
ist ja nichts anderes als Vergleichen und Unterscheiden.)

Diesterweg spricht sich bei dieser Gelegenheit also aus:

Bevor der Seminarist nicht im Stande ist, logische
Eintheilungen (Divisionen und Subdivisionen) zu
machen, bevor ist er nicht fähig, eine Catechisation gut
anzulegen. Allenfalls entwirft er eine, welche der Ho=
milie der Prediger ähnlich ist, oder ein richtiges Ge=
fühl leitet ihn sicher. Indeß reicht Letzteres in vielen
Fällen nicht hin und in den wenigsten, von der Natur
zu Lehrern und Katecheten bestimmt, möchte dieser ent=

wickelnde Lehrtakt sich vorfinden. Ueberdies soll im Gebildeten das zu klarer Erkenntniß gebracht werden, was unbewußt in ihm lebt. Der Mensch soll wissen, was er treibt, und begreifen, weß Geistes Kind er ist. Darum ist es wichtig, den Seminaristen anzuleiten, richtige Eintheilungen zu machen. Am leichtesten lernt er das Wesen derselben an mathematischen Gegenstän= den kennen, weil dieser Stoff ihm schon bekannt ist. Man beginne daher mit Entwerfung mathematischer (geometrischer) Classificationen und stelle dieselbe in Tabellen und Schematen dem Auge zur Beschauung auf. Dann nehme man Gegenstände aus der Natur= geschichte, und hierauf gehe man zu nicht=sinnlichen, abstrakten, nicht=mathematischen Begriffen über. —

Die katechischen Uebungen der Seminaristen mit Seminaristen (das Seminar hatte damals noch keine Seminarschule) haben immer etwas Gezwungenes, weil der eigentliche Zweck der sokratischen Gespräche: „Ent= wickelung der Denkkraft" nicht vorhanden ist. Denn keiner interessirt sich sehr dafür, zur Bildung der An= deren viel beizutragen. Jeder lebt und übt sich für sich. Anders ist dies bei dem katechisirenden Lehrer, dessen Denkvermögen gestärkt, jetzt sich bemüht, die Nicht= starken stark zu machen. In dieser Verschiedenheit liegt die etwas unnatürliche Constellation Katechisirender, die wissen, daß sie reden, um zu reden, nicht um zu be= lehren, vor Antwortenden, die antworten, nicht um sich

zu unterrichten, sondern um dem Fragenden fortzu=
helfen. So gewiß dies ist, so gewiß daher auch das
Gefühl der Zuhörer, die nur den Zweck der Katechi=
sation in Kinderschulen mitbringen, gestoßen wird und
in einige Peinlichkeit übergeht, so gewiß ist der Zweck
sokratischer Uebung der Seminaristen mit Seminaristen
ein anderer, nämlich der mannigfaltige: durch Auftreten
und freies Gespräch blöde Schüchternheit zu vertreiben,
freie Haltung, Selbstvertrauen und Gewandtheit zu er=
langen, den Augenblick benutzen zu lernen und durch
unerwartete Antworten sich nicht zerstreuen lassen; zu
nöthigen, vorher Begriffe klar zu denken und klar in
Worte überzutragen. Die Uebungen sind Selbstzweck
in dem Sinne, daß jeder Seminarist die Katechisation
um seinetwillen hält, statt daß der katechisirende Lehrer
dies thut, um der Anderen willen. — Auch wissen dies
die Seminaristen sehr gut, ohne es vielleicht ganz klar
zu denken. Jenes geht aus den Antworten hervor, die
die Gescheuteren geben. Sie richten dieselben nämlich
nach dem Bedürfniß des Fragenden ein, suchen ihm
durch ihre Antworten das Festhalten des errathenen
Weges zu erleichtern, geben daher öfters nicht solche
Antworten, wie das schlichte Kind sie gegeben haben
würde. — Mehr dem Zweck der Belehrung nähert sich
die Katechisation der Geübteren mit den weit weniger
Geübten. Diese Unterhaltungen nähern sich dem Ton
in der Schule und hier fallen die Antworten mehr so

aus, wie das ungebildete Kind, das auf die Hülfe des
Lehrers nicht denkt, sie gibt. Nicht zu leugnen ist indeß, daß in beiden Fällen die Fragenden und Antwortenden Vieles lernen. —

Am 29. Juli 1821.

**Aus dem Entwurfe einer Rede zum 3. August 1821,
dem Geburtstage des Königs. Ueber die Erscheinung
der großen Verschiedenheit der Urtheile.**

1. Das Heilige kennt nur der, der Heiliges empfunden hat, und über das Allerheiligste kann nur der
urtheilen, der darin gewesen ist. Wer noch am ABC
lernt, dem sind die schweren Künste des Buchstabirens
und Lesens, und Rection und Deklination unbegreifliche
Dinge. Sie sind über oder unter dem Horizonte.
Und sind wir in den meisten Dingen, die zu übersinnlichen, also zu den höheren, schwereren gehören, über
das A B C hinaus? — Der unsterbliche Kant — auch
am heutigen Tage Ehre seinem Namen — wunderte
sich nicht wenig über die verschiedenen Ansichten der
Philosophen — oft für Einsichten verkauft — welche
die höheren Dinge betreffen. In einem Briefe sagt
er: Ihm käme es vor, als sei das übersinnliche Gebiet durch eine hohe, dicke und dichte Mauer vom Gebiet des sinnlich Erschaubaren getrennt. Da hätten sich
dann von Zeit zu Zeit kühne Waghälse und Vernunft-
Abenteurer an diese freie Grenze des menschlichen Erkenntnißvermögens gewagt, die Mauer mit Kalk über-

zogen und an dieselbe geschrieben, was nach ihrer Ueber=
zeugung jenseits der unsichtbaren Mauer befindlich sei.
Jeder später lebende gleich kühne Abenteurer hätte das
gelesen, was der Vorgänger gefabelt, habe es für falsch
erklärt, ausgelöscht und einen andern Traum für ob=
jectivere Wahrheit haltend und ausgebend an die Stelle
gesetzt. So gehe es fort von Geschlecht zu Geschlecht;
jeder Spätere fände das für falsch, was an der Mauer
stehe, und noch solle der kommen, dem es glücke, mit
einem Fernrohre durch oder über die Mauer hinweg zu
sehen. — — —

2. Ich bin Pädagoge, und verlange daher, daß der=
jenige, der mein Thun und Lassen als Lehrer und Er=
zieher beurtheilen will, vorerst nachweise, daß er über
die Grundsätze der Lehrkunst und Erziehungswissenschaft
nachgedacht und jene praktisch geübt habe. Sonst bin
ich stolz genug, mich um sein Urtheil nicht zu küm=
mern, und unbesorgt meinen Gang zu verfolgen. —

3. Der Menschheit Gang ist nicht die gerade Linie,
nicht die Kreislinie, deren monotone Natur leicht auf=
zugreifen ist, sondern eine gewundene Linie in Cycloiden
und Epycycloiden, deren Wesen nur durch schwere For=
meln ausgedrückt werden kann, nur dem Eingeweiheten
zugänglich. —

4. Wir Lehrer haben uns auf den kleinen Kreis zu
beschränken, der uns angewiesen. Treu sein im Kleinsten.
Im kleinsten Punkte die höchste Kraft sammeln.

5. Wenn jeden Menschen Bescheidenheit und An=
spruchlosigkeit und Sittsamkeit ziert, so sind diese Eigen=
schaften unerläßlich für jeden, der der Jugend vor=
leuchten soll. Durch unsere Schuld, durch unser Bei=
spiel soll die große Zahl der Schwätzer und Raison=
neurs nicht größer, nein, so Gott will! kleiner werden.

Anmerkung. Mehrere meiner Versuche, die Rede
aus den hingeworfenen Gedanken zusammen zu stellen,
sind mir mißlungen. Ich zweifle auch, daß dieselbe ge=
halten worden ist. Diesterweg würde sie sonst in Rein=
schrift den „Schulreden" übergeben haben.

Am 19. August 1821. Unterricht in der Nacht.

Bei Gelegenheit der mathematischen Geographie, auf
welche großer Werth gelegt und die unter der geogra=
phischen Disciplin auf's ausführlichste behandelt wird,
weil sie denken lehrt und fordert, ohne Anstrengung,
ohne Einbildungskraft gar nicht begriffen werden kann
und weil sie einen der erhabensten Gegenstände, die
Welt, Gottes Schöpfung, nicht das Winzige, was
Menschen gemacht haben, betrachtet — hatte ich das
Wichtigste der Himmelskunde mitgenommen — über
die Bewegungen des Mondes, Finsternisse, Zodiakus,
Fixsterne — und den Seminaristen erlaubt, am ersten
schönen hellen Abend bei mir einzukehren und die Nacht
mit mir durchwachend dazu anzuwenden, die Stern=
bilder aufzusuchen, die scheinbare Bewegung zu beobach=

ten, und all den großen Eindrücken sich hinzugeben, denen man in der Stille der Nacht, entfernt vom Geräusch des Lebens, im Dunkel der Erde unter dem glänzenden Himmelsheer nicht entgehen kann. — Dies geschah zum ersten Male am 19. August.

Mit Folgendem brachten wir die Nacht zu, die vorüber war, ehe wir es selbst recht inne wurden.

Apparat: 2 Fernröhre, eine akromatische, 1 Himmelskarte, 1 Himmels- und 1 Erdglobus, 1 Quadrant. Beobachtung des Fixsternhimmels, der größten Sternbilder, der Milchstraße, des Auf- und Untergangs der Sonne, des Culminirens, der ungleichen Bewegung, der Parallelkreise um den Nordpol, des Zodiakus, der Planeten (Jupiter) durch Fernröhre, des Mondes, der im letzten Viertel stand und gegen Mitternacht aufging, seiner herrlichen Erscheinung mit seinen Höhen und Tiefen, Bergen und Schluchten, hellen und dunkeln Partien — die Dunkelheit unter uns, das magische Licht des Mondes, die stille Heiterkeit und die Erhabenheit der Nacht — die Einbildungskraft und die Gefühle der Demuth ohne Zerknirschung — nur Erhebung — Stille im Gemüthe und beseligende Selbstzufriedenheit im Vertrauen gegen den allmächtigen Schöpfer des Himmels und der Erden — — — Pause, um vor Ermüdung zu bewahren.

Gegen 2 Uhr wurden die Fenster geschlossen. Niedergelegt, Gedichte deklamirt, Räthsel aufgegeben in der Runde und gesungen. Nach $1\frac{1}{2}$—2 Stunden

wieder zu den Sternen hin. Welche Veränderung der Stellung in so kurzer Zeit! Hier gilt Beobachtuug und Erfahrung. Andere Sternbilder stehen am östlichen Himmel,
und am westlichen sind welche verschwunden. Der Bär hat
inzischen seinen hochgestrecktenSchwanz gestreckt. Nur der
Nordpol steht unbeweglich. Wenn Du, o Mensch, willst unwandelbar bleiben, so bleibe treu der Tugend und der
Pflicht, diesem Einen Pole. — Inzwischen bemerkte man
die ersten Spuren der Herannäherung der Sonne, am östlichen Himmel Merkmale des kommenden Tages. Allmählich erbleichen die Sterne, erst verschwinden die
kleineren. Nun, bevor die großen verschwinden, eilte
man, die frische Morgenluft im Freien zu genießen
und die aufgehende Sonne zu beobachten. Dichter Nebel
deckt die tiefsten Stellen. Der Mond steht schon blaß am
Himmel — nun kommt im röthlichen Feuer und in
sichtbarer Vergrößerung, gleich einem feurigen Rabe
durch den Nebel hindurch, die majestätische Königin
des Himmels. Welche Veränderung — welch anderes
Schauspiel, welche stille Erhabenheit vor 2 Stunden
— welche schaffende anregende Thätigkeit nun! Welch
Farbenspiel in den Nebelstreifen — welch gewaltiger
Eindruck! — Fürwahr, man lernt in einer so verlebten
Nacht manches — was man nicht vergißt, und was
nicht verdirbt. Unter den Kronleuchtern der Säle sind
die Empfindungen etwas verschieden von den unter dem
azuren Blau des prachtvoll glänzenden nächtlichen Himmels.

Am 5. September 1821.

Wenn es mir gelungen ist, aus den Seminaristen viel zu machen, zu bewirken, daß sie viel (nicht
gerade und darum Vieles) sind, so brauche ich nicht bekümmert zu sein, was sie in der Folge ihres Lebens treiben
werden. Denn was ein Mensch thut, hängt davon ab, was er ist. Wer wenig geworden ist durch
sich und andere und Umstände, wird nimmer viel leisten;
unmöglich aber ist's, daß der, der tüchtig, geschickt, ge-
wandt, ein denkender, fühlender, guter Mensch, kurz,
der viel ist, wenig oder unnützes, unbestimmtes, schlechtes
thun werde.

Unter demselben Datum.

Wodurch wird ein Buch uns lieb?

Durch Reichthum des Inhaltes, Wichtigkeit desselben, Wahrheit, dann durch reizende, gefällige Form
und schöne Darstellung. Und Beides finden wir in
der Bibel. Weg bei Erklärung derselben mit dem Leicht-
sinn oder leichten Sinn, der beim Lesen der Profan-
schriftsteller manchmal an seinem Orte ist, sondern
Ernst, Achtung, Würde. Aber auch verschieden sind
die Bibellektionen. Darum auch oft weg mit gesuchtem
Ernst, pedantischer Steifheit bei geschichtlicher Darstellung, Gleichnissen 2c. Auch vergnügen kann und soll
die Bibel. Nur nicht zu Scherz veranlassen. Ist sie
auch reich an Satyre? Nur an der ernsten.

Im September 1821. Der Seminarlehrer.

Den Seminarlehrer macht der Umstand· vor allen
andern Lehrern, sie mögen in der Dorfschule oder auf
Lehrstühlen und Kanzeln Platz nehmen, beneidenswerth,
der Umstand nämlich, daß das Seminarium seine Zöglinge mit ihrem Lebensberufe vollständig bekannt macht,
nicht bloß wie die meisten Schulen allgemeine Bildung
im Auge, sondern es mit Jünglingen zu thun hat, die
wissen was sie wollen. Das Seminar hat also für
die ganze Bildung des jungen Menschen zu sorgen, und
hat diese, begünstigt durch mancherlei Umstände ganz
in seiner Gewalt. Seminare sind allgemeine Bildungs-
anstalten und zugleich Berufsschulen und der Seminarlehrer hat das seltene Glück, im kleineren Kreise, als
die Akademie, das Leben und Treiben jedes einzelnen
Schülers zu beobachten, zu regeln und zu förbern. —
Sachkenntniß des Berufsgeschäftes kann in den gewöhnlichen Schulen nicht gegeben, sondern nur durchs Leben
und die Erfahrung erworben werden. Nicht so im
Seminar.

Neuer Vorzug: Nicht Knaben-, sondern Jüng-
lingsschule.

Die Seminaristen haben nichts zu verlernen, weil
sie nichts gelernt haben.

Im September 1821.

Hell müssen die Vorstellungen und Begriffe über die Grundsätze der Moral in dem Seminaristen sein. Vielfach von einer Seite (theoretisch und praktisch-allgemein und populär, satyrisch mit nachdrücklichem Ernst und wieder mit ergreifendem Gefühl —) dargestellt; denn es ist undenkbar, daß das mit dem Verstande erfaßte und dem Gefühl mitgetheilte von einem für die Sache ergriffenen, nach diesen Grundsätzen lebenden Lehrer nicht nach und nach in die Denk- und Sinnesweise übergehen, und in ihren Handlungen, Sitten sich spiegeln sollte. Kopf und Herz — Herz und Kopf. Gleich weit entfernt von Klügling und Phantasten — ergriffen von allen Angelegenheiten, die die Menschen betreffen und die dem Menschen nahe sind. Humanität, du großer Name! Tolerant aber nicht Indifferentist — entschieden für Aufklärung, Bildung — Feindschaft und Haß jedem Verdunkler, Frömmler, Quietisten. Es gibt einen christlichen Haß. Es lebe der christliche Haß! Wer liebt, haßt das Gegentheil. Freund Gottes — Feind der Lüge. —

Am 21. September 1821.

Maximen.

1. Alles, auch an sich Gleichgültiges, vermeiden, was

Anstoß oder Gelegenheit zur Ausartung und zum Mißbrauch werden kann.

2. Der positiv-körperlichen Strafe mich enthalten. Sobald einer dieselbe nöthig macht, — marsch! —

3. Keinen mehr aufnehmen, der noch den Knabenschuhen nicht entwachsen ist, damit kindliche Alberuheiten, leichtsinnige Knabenstreiche nicht auftauchen. — Das Alter des Seminaristen ist ein Zwischenalter, das leicht entweder zurückfällt oder fortschreitet. Darum weg mit Buben!

Am 26. September 1821.

Vier von den Seminaristen verlieren fast den Muth. Sie meinten ankommend viel zu wissen, und nun beginnend finden sie, daß sie nichts wissen, ja sie zweifeln fast am nöthigen Talent. Rousseau sagt L. III. p. 46: Le mal n'est pas donc ce qu'il n'entend point, mais dans ce quil croit entendre.

Jene meinten vorher, viel zu verstehen und verstanden nichts; jetzt meinen sie nichts zu verstehen und nun haben sie angefangen, zu verstehen, wenigstens das, daß sie bisher nichts verstanden.*)

Spätere Bemerkung.

Zwei von den genannten sind recht wacker geworden.

---

*) „Die Demuth wird begünstigt durch das Wissen des Nichtwissens." Herbart, Einleitung in die Philosophie.

Sie lernen mit Vergnügen und folglich mit Erfolg. —
Einer von den 4 Seminaristen war der von einem
Pfarrer so dringend empfohlene, aber wie matt, schwach
und feig ist dieser Jüngling, und zu allem dummgläu=
bigen Fürwahrhalten und Seufzen aufgelegt. Der am
meisten Empfohlene ist der Schlechteste.

Zu Ende des Jahres 1821. Kleinere Notizen.

1. Der Seminarist, wie der Jüngling überhaupt,
soll denken, und durch Denken erfahren und einsehen,
begreifen, daß sein Denken meist nur ein Versuch ist,
dessen Resultate nicht unwandelbar fest stehen, sondern
die sich noch gar mannigfaltig verändern und umwan=
deln werden.

2. Von Seminaristen (Seminaranstalten) gilt das
Schiller'sche Wort:
„Aber entfaltet sich auch nur einer, einer allein streut
Eine lebendige Welt ewiger Bildungen aus."

3. Was ein Seminar nicht ist:
  a. kein Versorgungshaus,
  b. keine Fabrikanstalt,
  c. kein Treibhaus.
Was ein Seminar ist:
  a. eine Unterrichtsanstalt,
  b. eine Menschenbildungsanstalt,
  c. eine Schule künftiger Lehrer,

Und wegen a, b, c auch

d. ein Gotteshaus.

4. Die Seminaristen bedürfen, je länger sie im Seminar gewesen sind, immer weniger und weniger des Unterrichts. Anfangs muß ihnen, weil sie noch nicht zu lernen verstehen, das Lernen gelehrt werden. Sobald sie es können und je mehr sie es können, desto mehr mag man sie bloß anleiten zum Selbststudium. Endlich, wenn sie vollends das Lernen gelernt haben, werden sie aus der Anstalt entlassen.

5. Von ungemeiner Wichtigkeit ist es für Seminaristen, daß sie lernen ein Buch lesen, verstehen, gebrauchen, durchdenken, studiren. Dazu muß ihnen Anleitung werden. Daher erst Unterricht in den durch eigene Kraft zu erschaffenden Wahrheiten (über Mathematik 2c.) dann das Ringen nach Kenntnissen. Erst Erkenntnisse, dann Kenntnisse. Und um jener Wichtigkeit willen die Belehrung über ein schweres, wichtiges Buch; z. B. Gruner. Durch Streben nach Hoch- und Tiefliegendem wird man hoch und tief. Hohe Ansichten und tiefe Einsichten sind der Erfolg. Wissenschaftlichkeit. Oder fruchtet irgend irgend ein Wissen ohne Umsicht, tiefe Begründung, Wissenschaftlichkeit? Der Erfolg lehrt es. Daher Wissenschaftlichkeit im Seminar-Unterricht. Populär und elementarisch, d. h. zer-

gliedernd, lückenlos fortschreitend, begründend, beweisend.*)

Aus derselben Zeit. Verdienste Pestalozzi's.

1. Aufmerksammachung auf die aus der Natur der menschlichen Geistesanlagen hervorgehende Nothwendigkeit frühzeitiger Beschäftigung mit räumlicher Größe.

2. Gründliche, naturgemäße Behandlung der Zahl.

3. Betonung der Wichtigkeit, die er auf Naturgemäßheit legte, sich hierin an Rousseau anschließend.

4. Aufregung der pädagogischen Welt.

5. Nachweisung der Nothwendigkeit liebevoller Behandlung der Kinder.

6. Begründung der Nothwendigkeit, mit Anschauungen allen Unterricht zu beginnen.

7. Hervorhebung der Wichtigkeit des Sprachunterrichts für Volksschulen.

8. Bekämpfung des Realismus, Vernichtung des Basedowianismus — und die Darstellung der Noth-

---

*) Das Buch von Gruner (Versuch einer wissenschaftlichen Begründung 2c. der Erziehungslehre 2c.) gab Diesterweg auch mir im Jahre 1827 zum Selbststudium, ebenso das mathematische Werk von Legendre und Andere.   E. Langenberg.

wendigkeit: die Seelenkräfte zu stärken, formell zu unterrichten, die Menschenkraft zu steigern — durch Selbstsuchen, Selbstfinden, eigene Anstrengung.

Zu Ende des Jahres 1821.

Ein Kind kann nur dadurch entwickelt, ge= bildet, erzogen werden, daß man seine naturge= mäße Entwickelung nicht hemmt, sondern fördert. Jede diesem naturgemäßen Entwicklungsgange entsprechende Anregung ist förderlich, das Gegentheil macht entweder keinen Eindruck, indem die Natur unempfindlich ist für denselben, ihn abweiset, neutral bleibt; oder wirkt hin= derlich, störend, verbildend, verziehend. Der Erzieher muß sich also der Natur unterwerfen, nicht sie beherr= schen in diesem Sinne, sondern ihre Gesetze und die Art ihrer Entfaltung im Menschen belauschen, beför= dern und überhaupt die Naturgesetze als heilige ver= ehren; denn sie sind die Gesetze der Schöpfungsthätig= keit Gottes. Die Naturgesetze sind die heilige Schrift des heiligen Gottes, gegen welche alle Menschenkunst das elendigste aller Pfuscherwerke bleibt. Elender Mensch! du wolltest die Natur meistern, ihre Mängel und Ge= brechen corrigiren und gut machen, was sie verbrochen. Ja fürwahr, Menschenwerk und Menschenkunst ist nur da erforderlich, wo die Natur nicht mehr schafft, wo die Menschen schon Alles verdorben, verkünstelt haben. —

Naturgemäß ist:

1. Lückenlos, ohne Sprünge zu machen. So wirkt die Natur.

2. Von einem festen fast unscheinbaren Keime aus (oder Anfangs) ununterbrochen fort, ohne Stillstand, einem gewissen relativen Höchsten entgegen zu streben.

3. Mit dem Bekannten, nahe liegenden zu beginnen, dann das Nächste anzureihen und sofort zum Entferntesten fortzuschreiten.

4. Nicht mehr Stoff vorzulegen, als die geistige und leibliche Kraft verarbeiten, verdauen, verassimiliren kann.

5. Nicht ewige Einerleiheit, noch weniger zu große Mannigfaltigkeit — sondern Einfachheit und Abwechselung in den Thätigkeiten — Einheit in der Mannigfaltigkeit — zum Eins werden.

6. Heiter das Kind anzusprechen, in heiterer Stimmung es zu erhalten, alles Düstere, keineswegs aber den Ernst ihm fern zu halten. Fröhlicher Ernst.

7. Nahrung zu bieten zu vielseitiger Kraftanwendung und Entwickelung nach allen Seiten der Entwickelungsfähigkeit des Kindes. Jedoch zu einer Zeit, einer Periode, eine Geisteskraft vorzugsweise ansprechend.

(Alle richtige Grundsätze der Erziehung könnte man unter die Rubrik der Naturgemäßheit bringen; denn an den Prüfstein der Naturgemäßheit gehalten bewähren sich die Grundsätze. Folglich muß der Begriff der Naturgemäßheit im engeren Sinne genommen werden, weil hier kein System der Erziehung festgestellt werden soll. Der Gegensatz ist die Künstelei, Verkünstelung ꝛc.)

Gleichheit der Gesetze der leiblichen und geistigen Verdauung.

Nur die den heiligen (warum?) Gesetzen der Entfaltung des Menschengeistes entsprechende Anregung fruchtet. Das Gegentheil wirkt gar nicht oder verbildet, verziehet. Aber den wahren Anregungen, die der Natur des Menschen entsprechen, kann er sich gar nicht entziehen. Er muß von ihnen angeregt werden, kann sich ihrer erregenden Kraft nicht entziehen. Oder kann die durstige Wurzel einer Pflanze sich gegen das Einsaugen des auf sie andringenden Regens entziehen? Oder ist es möglich, daß eine Claviersaite, wenn sie gehörig angeschlagen wird, nicht erklinge? Also auf die rechte Anregung folgt momentan die Wirkung und Gegenwirkung. Die Fröhlichkeit des Kindes, das Hingeben an die Erregung, das Folgeleisten des richtigen Griffes. Zwar nur bei naturgemäß erzogenem Kinde. Der verdorbene Magen verdaut oft nicht einfache Speise; aber der Hunger findet Schwarzbrod schmack- und nahrhaft.

Und der Geist hat eben so gut Hunger und Bedürfniß, überhaupt wie der Körper. Gibst Du ihm die rechte Speise, so arbeitet er. Warte daher den Hunger ab, ehe du gibst. Bei einfacher naturgemäßer Speise wächst die Verdauungskraft. — Ehemals meinte man, und viele Nichtkenner der Entfaltung des Geistes meinen es noch, daß der Erzieher den Menschen nach seiner Will= kühr bilden, formen, machen könne. Aber der Erzieher kann nichts machen. Er kann nur Gelegenheit, aber kein Objekt machen. Der Zögling muß sich selbst machen. Einzig ist Selbsterziehung möglich. Der Er= zieher macht nur die Umstände, die Veranlassung. Und wer diese naturgemäß zu machen weiß, der ist ein wahrer, natürlicher Erzieher. Ehrfurcht vor der Natur außer und im Menschen. Heilig, heilig ist Gott; hei= lig, heilig sind die Gesetze der Entwickelung der Natur und ihrer Geschöpfe! Großer Rousseau! —

Ein jedes organische Geschöpf trägt in sich das Gesetz seiner Entwickelung. Ein anderes die Eiche, ein anderes die Linde, ein anderes die Lilie, ein anderes die Kornblume. Selbst wenn die äußeren Erregungen dieselben sind, derselbe Boden, dieselbe Luft, dieselbe Wärme, dieselbe Feuchtigkeit, so entfaltet sich die Eiche keineswegs nach dem Entwickelungsgesetze der Linde, noch weniger nach dem der Lilie und der Kornblume. Eben so wenig als der Forstmann aus der Eichel eine

Linde ziehen kann, eben so wenig kann der Mensch aus
einem Menschenkeime ein anderes machen, als wozu
die Anlage, die Bestimmung in demselben liegt. —
Und das Okuliren, Pfropfen geht auch nicht beim
Menschen. Wasserreiser abschneiden, Wucherpflanzen
entfernen, Insekten verjagen, Nester vertilgen, also ne-
gativ wirken; Schutt, Ballast, Hindernisse und Schwierigkeiten wegräumen — das kann er; Nichts aber
machen; nur befördern, was der Mensch in sich trägt.

Begehren, wollen kann der Mensch nur das, was
seiner Natur gemäß ist, oder was er seiner Natur,
seinem Bedürfniß gemäß, für gemäß hält. Etwas
Naturwidriges kann der natürliche Mensch nicht begehren,
nicht wollen. Oder das zum Bedürfniß gewordene,
vielleicht natürlichen Naturverhältnissen nicht ganz entsprechende in obigem Sinne in etwa aufgedrungene, das
aber aus natürlichen Bedürfnissen entspringt, kann ich
nur begehren. Naturgemäß leben und sein will und
muß jedes Wesen. Anregen kann nur der Erzieher.
Dies ist allein wirksam, folglich auch das wirksamste,
so wie für Pflanzen-Organismen nichts erregender und
anregender ist als der Regen. Wie der Regen die
Pflanze erregt, sie nicht nur in Thätigkeit und Bewegung setzt, sondern auch Nahrungsstoff zugleich zuführt,
so soll der Mensch das Kind durch naturgemäßen Nahrungsstoff anregen.

Die Erzieher, gewöhnlich ihren Idealmenschen an-

schauend und ihn in die Seele des Jünglings hinein
tragend, lehren die Unwissenheit jener Wilden, die
Schießpulver säeten, statt es zu machen, bloß um, wenn
sie in und aus des Kindes Seele etwas machen wollen,
statt daß sie nnr die Keime ruhig und zeitgemäß d. h.
allmählich sich entfalten lassen sollten.

Naturwidrig ist: (weil die Natur es so nicht macht)
das Kind erst lesen lehren, bevor es reden kann. Ihm
Namen, Zeichen geben, bevor es die Sache hat. Ihm
von Dingen schwatzen, die seinem kindlichen Vorstel-
lungsvermögen fremd sind, wie z. B. die Seligkeit des
dritten Himmels. Es frühe zum Stillsitzen zwingen,
stundenlang. Es unbeschäftigt lassen oder es zu machen,
daß es nichts thue. Ihm Aberglaube und Gespenster-
furcht beibringen. Sprünge zu thun ohne Verbindung,
und ohne daß das Kind die Kraft habe, sie mitzumachen,
Aufgaben zu geben, an deren Lösung die kindliche Kraft
nicht reichet. Am Gängelbande führen.

———————————

Alles was auf Menschen wirken soll, muß einem
Triebe derselben entsprechen. Sonst ist es — wenn
dies anders möglich ist — etwas Erzwungenes, Ge-
künsteltes, Angeflicktes, das den Menschen !nicht frei,
sondern sklavisch macht.

Eben so zu einer Sache, zu der ein Mensch Talent
hat, muß er auch Lust haben. Oder es ist verkehrt
angefangen. —

Am 5. Januar 1822.

Das Kind ist eine Knospe, die noch der Ent=
wickelung harret, die sich aber, wenn äußere Umstände
nicht ungünstig sind, nothwendiger Weise entwickelt
und zwar nach dem vom Schöpfer in sie gelegten Ent=
wickelungsgesetze und zufolge des in sie gelegten Ent=
wickelungstriebes. Die Rosenknospe, wie jedes
organische Wesen hat als lebendiges Wesen einen Trieb,
zu werden, was es kann, in sich, der also in allen
Organismen, folglich auch im Menschen vorgefunden
wird. Dieser Entwickelungstrieb wird nicht gemacht,
sondern er ist da, vorhanden, in aller Energie. Ver=
schieden zwar in Hinsicht der Intensität in den Einzel=
wesen, nirgends aber, wo Leben vorhanden ist und
etwas Organisches werden soll, fehlt er. Wäre dieses,
so ist Leblosigkeit und Tod vorhanden und keine sterb=
liche Gewalt wird Leben hervorrufen, wo der Keim des
Lebens nicht vorhanden ist. Folglich hat der Erzieher
nichts zu thun, als diesen vorhandenen Keim und den
in ihm liegenden Entfaltungstrieb nicht zu stören, Hin=
dernisse wegzuräumen und der Hoffnung sich überlassen,
daß die Zeit die Reife hervorbringen werde. Also soll
er nichts verfrühen, nicht die Menschenpflanze in's Mist=
beet, nicht in's Treibhaus versetzen, wenn sie an der
freien Luft gedeihen kann. Ueberhaupt also kann er
nichts machen, nur Schwierigkeiten wegräumen. Er

braucht auch schlummernde Kräfte nicht zu wecken bei
naturgemäß aufgewachsenem Kinde; denn die Kräfte
schlummern nicht. Sie sind von innen heraus thätig,
suchen Gelegenheit zur Thätigkeit und Uebung, und
wenn du es an Vorführung dieser Gelegenheit nicht
fehlen lässest, so entwickelt sich das Kind ganz von
selbst, nach dem Entwickelungsgange der Natur, natur=
gemäß. — Frevler, wenn du die geschlossene Knospe
mit Gewalt erbrichst und mit Instrumenten die zarten .
Blätter herausziehst. Frühreife — frühes Welken.
Alles hat seine Zeit. Gewichtiges Wort für Erzieher.
Es ist so wenig möglich, daß ein auf diese Weise na=
turgemäß sich entwickelndes Kind naturwidrig, d. h.
böse werde, so wenig der allmächtige Schöpfer Him=
mels und der Erde etwas Böses, eine böse Anlage ge=
schaffen hat. Und so wie jede Rosenknospe, der es an
dem erforderlichen Boden, Regen, an Luft und Sonne
nicht fehlt, das wird, was sie werden soll, eine duf=
tende, herrliche, schöne Rose, so gewiß wird ein Men=
schenkind, diese Rosenknospe unter naturgemäßen Ein=
flüssen das, was sie werden kann und soll, ein Natur=
(Fluch dem Spötter!) d. h. ein guter Mensch. Aus
diesem Gesichtspunkte betrachtet erscheint das Gefasel
von dem Menschen angeborener Anlage zur Naturwi=
drigkeit, zur Bosheit, eine Blasphemie Gottes. Vieles
aber, was verkünstelten Menschen als böse erscheint;
vieles was unsern verdrehten gesellschaftlichen Verhält=

niſſen gemäß iſt; vieles, was Convention, Sitte und
Herkommen geheiligt haben, iſt naturwidrig, und das
gerade Gegentheil vieler dieſer Herkömmlichkeiten,
dieſer Wahnſätze, dieſer Irrlehren — iſt allein naturgemäß. Dem möglichſt der Natur gemäß Lebenden,
dem die Natur Verehrenden und demjenigen, welcher
dem Entwickelungsgange der kindlichen Natur nachſpürt,
dieſen Allen werden dieſe ſchiefen, verkrüppelten An-
ſichten nicht entgehen, und er wird unter unſchuldig
fröhlichen Kindern, die naturgemäß erzogen ſind, nichts
weniger finden, als Hinterliſt, Mißtrauen, Selbſtſucht
und andere Teufeleien. Dieſe Räuber des Menſchen-
glückes, dieſe Früchte menſchlicher Ausartung, regieren
meiſt die Welt der Erwachſenen, nicht aber die Kin-
derwelt. Wo ſind die Beſſeren, die Guten, hier oder
dort: „Wenn ihr nicht werdet, wie die Kinder,
ſo könnt ihr nicht in's Himmelreich kommen“.
Folglich — das lehrt der göttliche Ausſpruch und die
Erfahrung, ſind die Kinder ſo, wie Menſchen überhaupt
ſein ſollen, d. h. nicht radical-böſe. Und das radicale
Böſe iſt wie eine Ausgeburt künſtlicher Unnatur. Seid
naturgemäß, ſeid ſo, wie Gott euch geſchaffen hat, und
ihr ſeid gut! Alles, was der Menſch aus ſich machen
kann, Alles, was er Fremdes in ſich hineinträgt, Alles
was der angeborenen Natur nicht entſpricht, iſt vom
Uebel. Und je mehr ihr Fremdartiges, Naturanlagen

icht entsprechendes in euch verpflanzt, desto schlechter
werdet ihr: die personificirte Unnatur! —

Einige Tage später. J. H. Voß.

Im Jahre 1822 hatte man angefangen einzusehen,
daß man vom Jahre 1813 an dem Gefühl zu großen
Spielraum eingeräumt und zu voreilig das Gebiet der
Vernunft geschmälert hatte. Ueberall Seufzer, Glocken=
töne, Begeisterung in Wort und Phrasen, Gemunkel
und Geliebel, Gefasel und Gechristel, Mystik und Ka=
tholicismus, Symbolisiren, Allegorisiren u. dergl.

Einer der vorzüglichsten Denker (Achtung diesem
Worte und denen, die das trifft), welcher dieser Sucht
in Gefühlen zu abenteuern sich entgegenstellte, das
Vernunftgesetz vertheidigte gegen Mystik ꝛc. war J. H.
Voß, der Luther unter den Gelehrten des 19. Jahr=
hunderts. Gott sei Dank, daß wir noch solche Männer
haben. Paulus ist seines Gleichen. Jenes Ansicht
schnitt und drang durch und die Uhus krochen in ihre
Löcher. Jene sind enthalten in Sophroniza, der Be=
stätigung der Umtriebe und in der Jenaer lit. Zeitung
1821 Märzheft gegen den Symboliker Kreuzer. Herr=
licher Mann, der du der Schwärmerei die Quellen
vergräbst. Lebe und wirke lange!

In ähnlichem Gefühl warf ich mich der Mystifi=
cation, Symbolik und allegorischen Darstellung im

7*

Dethmar'schen Institute*) entgegen. Selbst bis in die Zimmer der Schul- und Erziehungshäuser trieb man Mystik. Man mystificirte das Klare, deutete, wo man im Licht wandeln konnte, steckte Kerzen an, damit Gottes Sonne nicht scheine, umnebelte den Verstand, und wähnte, in frommem Gefasel Gott dienen zu können. Ja Wagner mystificirte sogar die Mathematik. — Diesen kraftlähmenden Teufel wird J. H. Voß noch vollends austreiben.

Männern, wie Voß, ist Schulparteiung, betriebsame Unserigkeit, verabredete Schwärmerei, Frömmelei und Schalksnebelei widerlich und verächtlich.

Am 12. Januar 1822.

O, der Armseligkeit aller Reden des Ver= standes, des Begriffsvermögens über göttliche Di'nge! Da wollen wir elende Menschen, winzig und klein und eitel — arme Sünder! über die Weisheit Gottes philosophiren, nachweisen, warum der Höchste so und nicht anders handelte, wie klug er sei. Ja, man will seine Klugheit erkennen in Natur und Offen=

---

*) Dieses weibliche Erziehungsinstitut wurde geleitet vom Pfarrer Dethmar in Reckenburg. Gepriesen wurde der dortige „Komödiantenunfug", wie es Diesterweg nennt, im Westphälischen Anzeiger 1819 Beilage zu Nummer 20. Diesterweg trat dem Unfug entgegen in der Zeitschrift „Hermann" am 17. Mai 1819.
                                                    E. Langenberg.

barung. Und dieselben Armseligen werden, wäre ge=
rade das Gegentheil geschehen, wiederum beweisen, daß
dies das einzige Kluge und Weise sei. Wahrhaftig, wer
durch diese Gedanken nicht bemüthig an seine Brust
schlägt und wortlos verstummt und schweigt — der —.
Fürwahr, wenn wir in unserer Beschränktheit den
Schrankenlosen begreifen, seine Klugheit nachweisen
könnten, so müßten wir doch wenigstens ihm gleich
stehen. Und die Menschen, die Alles wissen, Alles be=
weisen können, setzen sich gewöhnlich noch ein klein wenig
über Gott.

Am 16. Januar 1822.

Wunderlich, daß die Seminaristen durch
große Beispiele der Geschichte, nämlich durch
äußere, glänzende, heroische Thaten der Helden und
Kraftmenschen z. B. eines Alexanders so wenig ergriffen
werden! Fast thut mir das hier und da leid. Sie
messen Alles mit dem Maaßstabe der Sittlichkeit. Wo
die nicht ist, wo etwas Irrationales in moralischer Hin=
sicht erscheint, da schütteln sie den Kopf und die große
Kraft des Menschen läßt sie kalt. An Nacheiferung
ist hier gar nicht zu denken. Vielleicht daß dazu ein
Grad äußerer Selbstständigkeit gehört, ein Freisein
von leiblichen Bedürfnissen, eine freie Erziehung, die
ihnen nicht geworden. Welche Begeisterung auf
Gymnasien über Alexander, Hannibal, Hermann ꝛc.

Für Seminarien ist es in vielen Stücken anders. Ob besser dort?

Am 16. Januar 1822.

a. Bildung, zumal sittliche (wiewohl es keine andere gibt, denn auch die intellektuelle muß sittlich sein) entsteht nur durch Gemeinschaft. Allein für sich werde kein Mensch sich bilden können.

Zur Erregung reicht ein zufälliges und unterbrochenes Zusammentreffen hin; hingegen zur Bildung, in welcher Einheit sein soll, gehört eigentliche Gemeinschaft, worunter ein Zusammenhalten der Menschen für einen oder für mehrere gleiche Zwecke zu verstehen ist, dessen Band der verständige Wille ist. — Alle Bildung besteht in der Herrschaft des nach Zweckeseinheit gerichteten Willens über den Geist, und diese Herrschaft wird erleichtert durch das Anschließen des Einzelnen an die Gesammteinheit (Apologie öffentlicher Schulen, die durch die öffentlichen Bildungs-Anstalten werden). — Die ganze sittliche Richtung, die ein Mensch nimmt, hängt ab von der sittlichen Gemeinschaft, in der er aufwächst, von seiner Erziehung und dem Familien- und Volksleben, dem er angehört.

b. Höhnend die Natur und ihren Schöpfer zucken die Orthodoxen die Achsel bei dem Namen: Naturreligion, natürliche Religion. Und doch könnte die geoffenbarte im engen Sinne gar nicht gefaßt, verstanden, angenommen werden, sie wäre = 0 für den Menschen, ohne den Trieb zur Religion, ohne natürliche Religion. Denn Alles, was auf Menschen wirken soll, muß einer Anlage, einem Triebe, einem Bedürfniß entsprechen. Ohne natürliche Religion wäre übernatürliche Religion ein Unding, ein Hirngespinnst, das an Menschen so vorüberging, wie an Steinen. Nur in so fern ist ein Wesen fähig außer sich Göttliches wahrzunehmen, als es Göttliches in sich wahrnimmt und in demselben Grade. Erst muß ich an das Schöne — das natür= liche Schöne — Wahre, Gute, Sittliche, Göttliche, Ideelle in mir glauben, ehe mir das Glauben an Gött= liches außer mir kommen kann, und erst muß ich an Gottes Offenbarung in mir glauben, ehe ich an die= selbe außer mir glauben kann. Wie einfach), natür= lich — schön, entzückend sind diese Ansichten, gegen die aufgedrängten, die von hinten anfangen. Auf Anthro= pologie ist basirt Philosophie, Pädagogik, Religion und Alles.

Am 21. Januar 1822. Wahr, schön, gut.

Wahr ist das oder für wahr halten wir, was den Gesetzen des Erkenntnißvermögens nicht widerspricht, sondern gemäß ist. Was ihnen widerspricht (also den Regelbegriffen des Verstandes, der Kathegorien) nennen wir unwahr und falsch. —

Schön heißt (dünkt uns) das, was 'den Gesetzen

des ästhetischen Gefühles gemäß ist. Was ihnen widerspricht, ist häßlich.

Gut ist (heißt) das, was den in uns liegenden
Gesetzen der Sittlichkeit gemäß ist. Das ihnen wider-
sprechende ist böse.

Die Gesetze des Wahren und Guten sind erkennbar,
ausdrückbar und nachweisbar. Nicht aber die Beurtheilung des Schönen. Hier urtheilen wir nach einem
unauflösbaren, nicht ausdrückbaren Obersatz.

Wie wollen wir es anfangen, die Häßlichkeit eines
Naturproduktes nachzuweisen? Angenommen, es sei
möglich, d. h. es wäre nachweisbar, daß die Gesetze der
Erscheinung eines Dinges widersprächen den Gesetzen
unserer Kunstbeurtheilung, so machte die Natur einen
unharmonischen, wehethuenden Eindruck auf unser Gefühl; Natur und Geist stimmten dann nicht zusammen
und die Gesetzgebung des Geistes wäre eine andere, als
die Naturgesetzgebung. — Die Natur als Wirkung
eines verständigen Geistes gedacht, widerspräche dann
sich selbst, da unser Geist auch zur Natur gehört. So
undenkbar dies ist, so sehr ist die Erfahrung der wohl-
thuenden Einwirkung und harmonischen Zusammenstim-
mung der äußeren und inneren Natur für unsere Meinung, der gemäß als Postulat der Beurtheilung der
Naturschönheit aufgestellt werden muß: Alle Produkte
der Natur (die als Ganzes aufgefaßt werden können)
sind schön, abgesehen von allem äußeren Zweck, Werth

u. dergl. Sprechen wir daher einem Naturprodukt
Schönheit zu, so geschieht dies keineswegs so, daß wir
die Uebereinstimmung desselben mit irgend einem Begriffe nachweisen, sondern wir urtheilen nach dem genannten Postulate als Obersatz und unser Urtheil enthält eigentlich folgender Schluß: Alles Natürliche ist
schön. Dies ist natürlich (naturgemäß), folglich ist es
schön. —

Oder begründe Einer, wenn er es vermag, das
Gefühl der Schönheit eines Laubwerks, Sonnenauf-
gangs c. In einer Beziehung anders beurtheilen wir
Produkte der menschlichen Kunst. Bei allen ist die
Vorfrage: sind die Gegenstände wahr? widerspricht ihre
Darstellung nicht den Regeln unseres Erkenntnißver-
mögens? Und dann erst kommt die Beurtheilung der
Schönheit des Werkes hinzu. Ohne Wahrheit gibt es
keine Schönheit. Das Unwahre kann nicht schön gefunden werden. Hat nun irgend ein menschliches Werk
einen Zweck, so liegt seine Wahrheit in seiner Uebereinstimmung mit diesem Zwecke. Ohne dieselbe ist das
Werk zweckwidrig und unwahr, folglich niemals schön.
Oder ich denke nicht an den Zweck, kenne ihn gar nicht
und dann gefällt mir der Gegenstand vielleicht, ohne
Zweckbeziehung. Darum ist nicht alles Wahre, seinem
Zweck entsprechende schön. Aber die Wahrheit ist con-
ditio sine qua non. Ein Portrait z. B., das eine
bestimmte Person vorstellen soll, kann nie schön sein,

wenn es nicht ähnlich ist, also die Wahrheit verletzt.
Allenfalls mag das Colorit, die Gruppirung zc. schön
sein, aber immer bleibt es ein häßliches Portrait.
Ebenso ist es mit der Baukunst.

(Daß der Obersatz der Beurtheilung der Schönheit
unangebbar sei, ist ganz klar. Wäre z. B. Alles, was
Einheit mit Mannigfaltigkeit verbindet, schön, so stände
die Beurtheilung des Schönen ganz unter dem Gesetz
des Verstandes. Und ein eigenes ästhetisches Gefühl
anzunehmen, wäre ganz überflüssig und ein Unding.
Das Verständige wäre dann auch das Schöne. Beide
identisch, so doch das Schöne ein ganz anderes, freies,
selbstständiges ist.)

Verschiedenheit in der Beurtheilung der Kunstgegen-
stände findet statt, in so fern sie körperliche oder geistige
Mittel gebrauchen. (Die Schönheit ist immer geistig,
gedacht). Die Poesie stellt Schönheiten der Geisterwelt
auf, und jedes Poetische, welches unsere Einbildungskraft in freie Thätigkeit setzt, den Gesetzen der Einbildungskraft, welcher das Produkt entquollen, gemäß
ist, ist schön. Würde z. B. der Tod eines Hundes
noch so schön in Hinsicht des Rythmus, der Versifi-
cation, der Abwechselung zc. geschildert, aber nicht nach
den Gesetzen des Sterbens, so wäre das Ganze unwahr,
folglich häßlich.

Aus dem Vorhergehenden erhellt, daß wir nun
und nimmer über objective Wahrheit urtheilen können.

Wir sind ein für allemal an die Formen unseres Lebens und Geistes gebunden. Was an sich — auch für andere Geister und Gott selbst — sei, das liegt über dem menschlichen Horizonte. Wir können bestimmen, was für Menschen wahr, schön und gut ist, (aber für keine andere Wesen), d. h. was den Gesetzen unserer Weltanschauung, unserer Geisteseinrichtung, unserem Erkenntniß-, Gefühls- und Willensvermögen gemäß ist. Alle Philosophie, Pädagogik ist daher Psychologie, und das Naturgemäße ist allein das Wahre, Schöne und Gute in allen Hinsichten. Das den Gesetzen des Geisteslebens nicht Entsprechende ist das Unwahre, Häßliche und Böse in jeder Hinsicht.

Wohl wird sich bestimmen lassen, begriffsmäßig, was das Schöne nicht ist, welche Merkmale einem Gegenstande das Prädicat Schönheit vorenthalten, z. B. Alles Schöne muß Einheit haben und Mannigfaltigkeit. Einförmiges oder blos Vielfaches ohne Harmonie sind unschön.

Am 17. Februar 1822.

Ueber die Wirkungen des Erlernens fremder Sprachen, besonders der lateinischen in höheren Bürgerschulen (sogenannten Stadtschulen).

Präliminarsätze oder Vorposten.

Ohne Latein und Griechisch kann man ein guter Bürger, guter Gatte, guter Mensch, gebildet, fröhlich

frei, tüchtig, fromm sein, ohne Latein und Griechisch
kann man selig werden. Das wissen manche Gelehrte
noch nicht. Vor hundert Jahren wußten es noch viel
weniger. —

Wer sich gewöhnt, immer in die Vorwelt zu blicken,
dem entschwindet darüber die Gegenwart. Nur einem
Eindrucke kann der Mensch hauptsächlich sich hingeben.
Wenn auch die von verschiedenen Kräften nach verschie=
denen Richtungen gestoßene Kugel die Diagonalrichtung
einschlägt, so folgt sie doch am meisten der stärksten
Kraft.

Es gibt Gelehrte, die jede Straße Roms zu nennen
wissen, ihr halbes Leben damit zubringen, die Straße
aufzusuchen, in welcher Cicero gewohnt hat — und
darüber nicht wissen, daß die Schlacht von Leipzig ge=
schlagen worden, und warum. Unsere Jünglinge, die
in die griechische und römische Welt gedrängt werden,
kommen darüber nicht zu einem kernhaften tüchtigen
Wissen und Wollen in und auf die Gegenwart; der
Schwärmer, Quietist, Seufzer und Versenker in die
Tiefen der Gottheit läßt aus anderem Grunde Gottes
Wasser über Gottes Land laufen und wird — weil
die Erde und Gegenwart ihm verschwinden gegen die
erträumte Seligkeit des Himmels — ein Sclave des
fremden Priestervolkes. Wir kommen zu keinem kräf=
tigen Volksleben, wenn unsere Bürger abgestumpft wer=
den durch fremde Dinge, und so lange wird es mit

dem deutschen Volksthum nichts, so lange man das
Griechen= und Römerthum abgöttisch verehrt. Was
würden wir sagen, wenn die Griechen sich um ihr Le=
ben wenig oder weniger bekümmert hätten, als um die
Geschichte, Sprache der Aegypter, Gallier, Indier ꝛc.?
Was würden wir sagen, wenn in den Schulen der
Spanier mehr Werth auf die deutsche Sprache gelegt
werde, als auf die spanische? — Es wird eine Zeit
kommen, wo ein deutscher Mann das Deutschthum,
deutsche Volksthümlichkeit ehrt, achtet, hebt und das
Franzosen=, Griechen= und Römerthum in die Dach=
stuben weniger Gelehrten verdrängt, und unsere künf=
tigen Bürger und Vaterlandsvertheidiger deutsch reden,
deutsch denken, deutsch fühlen, und deutsch — deutsch
sein lassen. Diese Revolution wird eine der größten,
eine der wichtigsten sein, die je die Welt erfahren hat
— und eine der wohlthätigsten. —

Durch das Lateinthum werden allen anderen Bil=
dungs=Gegenständen die Flügel geschnitten. Die Hälfte
der Zeit, wenigstens $\frac{1}{3}$ der ganzen Schulzeit wird auf
die Erlernung dieser Fremdsprache verwandt und alle
anderen Gegenstände verkrüppeln. Und wie weit bringt
es der nicht Studirende? Höchstens bis zum Lesen des
Nepos, zum Buchstabiren des Sallust, zum ABC im
Virgil! Welcher Gewinn für einen ungeheuren Zeitauf=
wand? Man spreche gar nicht von dem formellen Ge=
winn. Denselben und weit ersprießlicheren und weit

tieferen, und weit lebendiger machenden erziefen wir
durch den gründlichen vielseitigen Unterricht in der
herrlichen Muttersprache, durch Mathematik und psy=
chologische Moral. —

Weg mit dem Latein aus unsern Bürgerschulen!
Weg mit den herkömmlichen Ansichten! Aber wie wenige
können sich von diesen Vorurtheilen losmachen? Wie
viele gibt es, die meinen, ohne Latein keine gründliche
Bildung, ohne Latein kein Denken, ohne Latein keine
ordentliche Schule, ohne Latein kein Himmel. Weg
mit ihnen aus unsern Bürgerschulen!

Unsere Schüler sollen den Virgil, den Cicero lesen
um ihres Gehaltes willen? Haben wir keinen deutschen
Cicero und Virgil? Haben wir nicht mehr? Haben wir
nicht Klopstock, Schiller und andere Herrliche? Aber
etwa die Alten der Philosophie wegen? Wahrlich,
Cicero war ein großer Philosoph, ein großer, großer!
Besonders in seiner de amicitia de senectute! Für=
wahr — eine Säuglingsphilosophie. — Weg mit dem
Quark, und an ihre Stelle: Moral, Christenthum,
Muttersprache, Mathematik, Anthropologie — Psycho=
logie — deutsche Geschichte und deutsches Leben. —
Gehet in unsere lateinischen Bürgerschulen! (a potiori
fit denominatio). Sie kauen das Latein, kauen alles
Andere, und lassen die Köpfe hängen. Wo ist die le=
bendige Regsamkeit der Jugendwelt? Wenige Spuren
davon. Und die alten Sprachen sind in Bürgerschulen

fauler Mist, faul machender Mist. — Doch das wird
zu seiner Zeit werden. Haben wir erst ein öffentliches
Leben, eine deutsche Verfassung und lebt in uns erst
wieder Gemeinsinn, Bürgersinn, Volkslicbe — dann
wird es besser. — Ich erwarte gar nicht, daß man auf
diese flüchtig niedergeschriebenen Bemerkungen geschwind
eine Aenderung vornehme. Abe wir appelliren an die
einsichtsvolle Nachwelt, die mehr in der Gegenwart
leben wird, als wir, die wir stets rückwärtsblickend und
in den Folianten des Alterthums blätternd unsere Zeit
nicht verstehen und nicht in ihr wirken. —.

Wozu die ausländische Pflanze, da unsere heimischen
allen Bedürfnissen des Leibes und des Geistes genügen.
Man schreit über den Luxus der Zeit, die schlimme
Verwöhnung an Asiens und Amerikas Produkte und
sieht dies als ein leider zur Nothwendigkeit gewordenes
Uebel an. Und siehe! was diese Menschen im Leib=
lichen tadeln und wegwünschen, das führen sie eigen=
mächtig in's Gebiet des Geistigen ein, wo dieses Aus=
ländische noch viel verderblicher wirkt, als jene leiblichen
Dinge. Jene Menschen wollen Nationalsinn und Volks=
liebe und erziehen, und erzeugen und pflanzen vor allen
Dingen Liebe zum Römerthum. Zum Glück will ihnen
dies ungeachtet all ihrer Mühe nicht ganz gelingen und
dieses Mißlingen der Arbeit könnte sie, wären sie vor=
urtheilsfrei, schon aufmerksam machen auf das Verkehrte
ihres Thuns — dieselben Menschen predigen deutschen

Sinn, deutsches Leben, gemeinsames Vaterland — sie wollen den Zweck, verschmähen aber die Mittel — und verlangen außerdem vorzugsweise Gewicht zu legen auf die Provinzialgeschichte, im Baierischen auf die baierische, in Schwaben auf die würtembergische, im Hessischen auf die hessische, in Preußen auf die preußische Geschichte und pflanzen statt des Gemeinsinnes für's ganze Bürgerthum: Baierthum, Schwabenthum, Hessenthum, Preußenthum — überhaupt Irrthum und Irrthümer aus Irrthum und Irrthümern.

Am 5. März 1822. Analogie der äußeren und inneren Naturgesetze.

Es ließe sich ein Aufsatz schreiben über die Analogie (Gleichheit?) der äußeren und inneren Naturgesetze, der Gesetze der äußeren Natur und des Geistes z. B.

Die Fruchtbarkeit des Jahres hängt vorzüglich von der Witterung des Frühlings ab. Ein auf einen fruchtbaren Frühling folgender schlechter Sommer bringt doch gute Ernte. Ein schlechter Sommer vermag nicht die durch einen solchen Frühling entsproßten Keime zu vernichten. Aber ein guter Sommer macht die Mängel des schlechten Frühlings nicht wieder gut. Beweis zu jenem 1821.

Ebenso hängt der Charakter, das Schicksal, das Wesen des Menschen zunächst und hauptsächlich, ja fast allein von der Art ab, in welcher der Mensch seine

Jugend, den Frühling seines Lebens zubrachte. Fröh=
liche Jugendzeit — männliche Stärke, welche Ungewitter
und Stürme im Mittag des Lebens Trotz bietet —
beengende Fessel im Jugendleben (Fabrikarbeit, schlechtes
Beispiel ꝛc.) tragen ihre bösen Früchte durch das ganze
Leben, und die beglückendsten Umstände des männlichen
Alters ersetzen nimmer die unwiderbringlichen Versäum=
nisse des menschlichen Frühlings. Frühlingsbegeisterung
hält durchs ganze Leben; ohne sie keine Begeisterung'
kein Heroismus im männlichen Alter; ja ohne sie
meistens Zaghaftigkeit, Halbheit und Gemeinheit.

Im April 1822. Gebet und Anrede.

Großer allmächtiger Gott, der du den Himmel und
die Erde und Alles, was darauf und darinnen ist, er=
schaffen hast, wir danken dir für unser Dasein. Du
riefst uns ins Leben, du bist unser Vater! Mit Ehr=
furcht aber auch mit Vertrauen nahen wir uns dir,
dich zu preisen, dich den Verjünger und Verherrlicher
der Natur, dich zu loben, der die Pracht des Him=
mels bildete, dich, der die majestätische Sonne aus
ihrem Nichts ins Dasein rief, dich, der die Fluren der
Felder und der Wiesen mit unnachahmlicher Herrlich=
lichkeit schmückte; ja wir danken dir, Großer, Unend=
licher, Unvergleichbarer — wir Menschlein unterwin=
den uns, dir dem Ewigen und Vollendeten zu danken!
Siehe mit Gnade, Barmherzigkeit und Wohlgefallen

auf deine Geschöpfe und schließe uns nicht aus von Denen, die du führst! Wir sind voll Staunen und Bewunderung von der Pracht, die du von Neuem über die Erde gegossen, sie erfüllt unser Herz mit erhebenden Gefühlen, und bringt uns näher, dir dem Vater über Alles, was Kinder heißt im Himmel und auf Erden. Schön ist der Himmel, schön ist die Erde, erhaben ist dein Name — du seiest unser Vorbild, der Himmel unser Spiegel, die Erde unseres Gleichen. Führe uns zur Mutter Natur zurück; einfach, wie die Blume sei unser Sinn; fruchtbar unser Wirken, wie der blühende Baum; unsere Gesinnung so rein, wie die Tropfen des Regens. Amen.

Unser Vater ꝛc.

Verschwunden sind die angenehmen Tage der Erholung, verschwunden die Festtage der Auferstehung unseres Herrn, verschwunden die ersten schönen, erquickenden, erhebenden Tage des neugebornen Frühlings. Herrliche Tage nenne ich sie, diese Tage der Erneuerung und Belebung. Weg ist der Winter mit seinem Eise, seinem Nebel, seiner Trübe; wer kann es begreifen, wie das Alles geworden? Wer vermag es zu beantworten, wie das kleinste Veilchen wird, das Gras in die Höhe treibt, die Knospe des Baumes sich bildet? Das kann kein Sterblicher, das vermochte kein Weiser der Vergangenheit, es wird in Ewigkeit keiner vermögen, er habe auch alles Wißbare der Natur sich

zu eigen gemacht. Geheimnisse sind es und Wunder
vor unsern Augen. Darum ist es kein Wunder, daß
die Spuren des wiederkehrenden Sommers, die lauen
Winde, die ersten Singvögel, der erquickende Regen und
das erste Grün, dem Menschen wunderbar das Gemüth
bewegen; kein Wunder, daß im ersten Frühling innere
Rührung das Herz des Menschen durchziehet und sein
Auge überläuft. Solltet ihr es noch nicht erfahren
haben, daß das Innere des Menschen erbebt, erzittert,
gleichsam geschmolzen wird, wenn der Frühling wieder-
kehrt? Wehmüthig fröhlich tritt er dann hinaus in
Gottes ewige, ewig neue herrliche Schöpfung. Dann
bestürmt ihn sein Gewissen, wenn er unrecht gethan,
dann ergreift ihn unnennbare Sehnsucht, rein zu werden, wie die Produkte der Natur. Betrachtet eine
einfache, die einfachste Feldblume; wer kann sich etwas
Schöneres, Mannigfaltigeres, Reinlicheres, den Natur-
sinn des unverdorbenen Menschen Ansprechenderes denken, als eine Blume. Ja, was sprach jener Größte
der Menschen: „Auch Salomon in aller seiner Herrlichkeit ist nicht bekleidet gewesen, als derselben Eins."
Darum freuen wir uns des heitern Sonnenscheins, der
belebenden Kraft ihrer Strahlen, der Fruchtbarkeit des
Jahres; darum wollen auch wir der Natur getreu
danken und beten. Nicht geruht und gerastet haben
die einfachen Kinder der Natur, die Landleute, in diesen
Tagen. Wir haben gefeiert. Jene haben mit emsiger

8*

Hand den Boden umackert, und guten Samen gestreuet
in die Furchen. Laßt nus ein Gleiches thun, jeder
Mensch soll ein Säemann sein. Wir wollen säen,
damit wir ernten, wir wollen im Frühling des Lebens
tüchtig zu werden suchen, damit wir im Herbste mit
Freude und Dank auf den Frühling zurücksehen; wir
wollen nach Reinheit des Herzens streben gleich der
Blume des Feldes; wir wollen den Blumen gleich zu
werden trachten an Schmuck der Seele, einfach, natürlich kindlich wie der Naturmensch; wir wollen stark zu
werden suchen, wie die Eiche, stark im Wissen, stark
im Können, stark im Wollen. Jetzt, wo die Tage der
Erholung vorüber sind, wollen wir uns von Keinem
übertreffen lassen an Lust und Heiterkeit, an frohem
Muth, an Wißbegier; wir Menschen wollen uns nicht
übertreffen lassen von der Natur; wir wollen innere
Schönheit uns anbilden, wie draußen äußere Schönheit uns entgegen strahlt. Wer will, der kann; denn
Gott segnet das rechte Wollen; wer noch nicht viel ist
(und wer könnte sagen, daß er viel sei?) der suche viel
zu werden; nicht-wissen schändet nicht, aber nicht-
wollen.

Am 23. Juni 1822. Disputir-Uebungen.

Disputir-Uebungen sind ein vorzügliches Mittel,
Schnelligkeit des Denkens zu fördern, Sprachgewandt-
heit hervorzubringen, Selbstvertrauen zu erzielen und

die Benutzung des Augenblickes zu erlernen. Da diese
Eigenschaften vorzugsweise den guten Katecheten be=
zeichnen, so dürfen sie unter den Mitteln, die Semina=
risten in der Kunst der Sokratik zu üben, nicht fehlen.
Ihnen gebührt in dieser Hinsicht ein entschiedener Werth.
Disputir=Uebungen zeigen überdies einen Gegenstand
aus den verschiedensten Gesichtspunkten und leiten zu
einer gemäßigten Polemik, der Mutter aller Wahrheits=
erforschung. Aus diesen Gründen nehmen wir in den
Uebungen der Seminaristen=Bildung Disputir=Uebungen
vor, überlassen in der Regel die Wahl der zu verthei=
digenden Sätze den Zöglingen selbst oder wählen sie
vorzüglich aus dem reichen Gebiete der Erziehung, der
Didaktik und Methodik. Insbesondere machen wir sie
hierdurch mit den vorzüglichsten historischen Grundsätzen,
die über Erziehung festgestellt worden sind, bekannt,
hierdurch die ihnen entgegenstehenden und entgegenge=
setzten Meinungen der Gegner, größtentheils selbst er=
findend und bestätigend. Die daraus hervorgehende
Bekanntschaft mit der Geschichte der Pädagogik ziehen
wir einem jeden geordneten dogmatisch=historischen Vor=
trag desselben vor, und leben der Ueberzeugung, daß
dadurch mehr für Bildung der Zöglinge und für die
Gewinnung selbsteigenen Urtheiles gethan wird, als durch
die Mittheilung eines geschlossenen, bestrittenen und be=
streitbaren Systems. Das Wahre stellt sich auf diese
Weise in seiner siegenden Kraft heraus.

Zu wünschen wäre es, daß ein Büchlein ausgear=
beitet würde, das die verschiedensten Ansichten über die
wichtigsten Gegenstände der Pädagogik, Anthropologie
2c. in kurzen Sätzen Beurtheilung neben einander ge=
stellt enthielte, um dasselbe als Leitfaden dieser Ue=
bungen zu Grunde zu legen. Man könnte hier ent=
weder chronologisch verfahren, an die Hauptmänner der
Geschichte der Pädagogik ihre Grundsätze anreihen, oder
eine systematische Darstellung vorziehen. Ich würde
mich für das Erstere entscheiden.

Ein schöner Gegenstand einer Ausarbeitung, als
Ausbeute des Studiums der Geschichte der Pädagogik.

Am 25. Juni 1822. Geographie.

Die Geographie wird im Seminar erst dann be=
gonnen, wenn die Zöglinge eine gewisse Stufe in geo=
metrischen Kenntnissen erstiegen haben; bis zum Ende
der Geometrie müssen sie zum wenigsten gekommen sein,
auch die trigonometrische Grundanschauung ihnen nicht
fremd geblieben sein. So wie der Fortschritt aller
Naturwissenschaften durch die Ausbildung der Mathe=
matik bedingt war, so wie der Naturkundige nur durch
mathematische Einsichten zum Naturforscher wird, so
hängt auch alles Gelingen des geographischen Unter=
richts von dem Grade geometrischer Erkenntnisse, die
der Zögling sich erworben hat, ab. Ohne Geometrie
bilden geographische Notizen in ihrer Mannigfaltigkeit

und Zerstreutheit keine Einheit, machen die Ueberficht und Ordnung unmöglich und je größer die Menge der geographischen Daten ist, die der Zögling ohne Mittheilung sich sammelt, desto größer ist das Chaos. Durch Ziehung der Linien und Kreise auf der Erd- und Himmelskugel aber wird ein festliegendes Gerippe geschaffen, an welches die übrigen Kenntnisse als Fleisch nnd Blut sich anlegen können. Was die Chronologie der Geschichte ist, das ist die Geometrie der Geographie. Und noch mehr. Denn durch die mathematische Geographie und durch die Einsicht in die Lage der Achse gegen die Bahn der Erde und den regelmäßigen Umschwung wird es dem Zögling möglich, gleich a priori Klima, örtliche Lage 2c. der Gegenstände auf der Erde zu bestimmen. Darum legen wir auf die mathematische Geographie den entschiedensten Werth. Der Lehrer der Geometrie hat sie zu übernehmen. Denn sie ist ein Zweig der angewandten Mathematik. Ueberdies ist mir kein Gegenstand des Unterrichts bekannt, welcher tiefer bildend wirkt, Verstand und Einbildungskraft in höherem Grade befestigt, als mathematische Geographie. Gegen sie ist das, was man sonst Geographie nennt, nur Bruchstück und in Beziehung auf Geistesgymnastik geringen Werthes.

Am 28. Juni 1822. Erfreuliche Erscheinung.

Eine sehr erfreuliche Erscheinung ist mir die nun

schon an 4—6 Seminaristen beobachtete: daß sie An=
fangs aufgeblasen sind und meinen, Wunder was, zu
sein. Dieser Hochmuth, noch jedesmal innig gepaart
mit roher Unwissenheit, zuweilen mit äußerlich zierlicher
Erscheinungsweise, schöner Handschrift re. fängt dann
gegen die 4.—6. Woche an zu wanken. Vorher ge=
rathen diese Jünglinge in Unmuth und Unlust. Die
Sache fängt an, ihnen zu verleiden. Ein sicheres Zei=
chen des schwankenden Zustandes, in den sie gerathen,
die Unsicherheit in Allem, was sie zu besitzen meinen
und des Zweifels an sich selbst. Dann endlich, wenn
sie nun über die schwere Linie des Selbstbekenntnisses
hinaus sind, wenn es ihnen gelungen ist, die Nichtig=
keit ihres Wissens und Könnens klar einzusehen, und
wenn sie nun angefangen haben, wirklich zu lernen,
dann folgt gelegentlich und demüthig erfreut das Ge=
ständniß, mit welcher Meinung von sich selbst sie hie=
her gekommen. Eine lehrreiche Erfahrung für sie und
mich, und mir ein Beleg zu der Meinung, daß gründ=
liche Bildung einzig und allein sicher und gründlich
den Hochmuthsteufel stürze.

Am 20. August 1822. Zum Studium der
Bücher.

Es ist von unendlicher Wichtigkeit, daß die Se=
minaristen, während ihres Lebens auf dem Seminar
Bücher zu lesen und darüber sich auszusprechen und zu

lehren verstehen; Bücher aus allen Fächern der Men=
schen= und Seminarbildung insbesondere. Darum muß
ein Seminar eine reiche Bibliothek haben, Werke nach
den verschiedensten Weisen bearbeitet und über alle
Fächer des Seminar=Unterrichts. Nachdem nun der
Seminarist in irgend einem Fache einige Fortschritte
gemacht hat, werde ihm zum Selbststudium ein nicht
zu schweres, aber noch weniger ein zu leichtes Buch
über dasselbe in die Hand gegeben. Damit ist es
aber nicht genug, denn nun weiß ich nicht, ob er wirk=
lich das Buch studirt und versteht und ob die Wahl
desselben für ihn die richtige gewesen. Darum müssen
eigends Stunden angesetzt werden, worin ein jeder einen
Satz, einen Theil des Buches den übrigen vorträgt
und deutlich macht; bald heuristisch, bald sokratisch,
bald akromatisch. Die Kürze der Zeit erfordert ge=
wöhnlich das letztere. Auch gewöhnen sie sich dadurch
an zusammenhängenden, klaren Vortrag. Eine unge=
mein wichtige Sache ist diese Anleitung zum Studiren
der Bücher. Ohne dieselbe fehlt ihnen das Mittel zur
Fortbildung für die Zeit, wenn sie das Seminar ver=
lassen haben und dann sollte das Studium eigentlich
beginnen, weil nun Erfahrung und Praxis ihnen zu
Hülfe kommen und Spreu vom Weizen scheiden. Weil
jene Uebungen in den Seminarien zu wenig angewandt
werden, darum bleiben auch die Seminaristen gewöhn=
lich stehen oder gehen zurück, weil sie der oft abstrak=

ten und philosophischen Büchersprache nicht Meister
sind. — In diese gegenseitige Belehrung — den
eigentlich bildenden wechselseitigen Unterricht — kommt
ungemein viel Regsamkeit und Aufregung. Nun entgeht dem Lehrer keine Lücke, die der Schüler in seinem
Wissen hat. Nun gleicht das Seminar nicht mehr
einer gewöhnlichen Schule, sondern einer Gesellschaft
von Vortragenden und sich Besprechenden. Und je
länger die Seminaristen in der Anstalt sind, desto mehr
verliert das Seminar die Gestalt einer Schule. Es
ist wahrhaft Schade, daß unsere Schulen nicht auch
solche Anstalten und Einrichtungen zulassen. Sie setzen
allerdings voraus, daß das Interesse an der Sache
in jedem gehörig aufgeregt sei. Und so ist es doch in
guten Seminarien.

Am 21. August 1822. Kopf und Herz.

Man hat gesagt und manche meinen es, daß die
Ausbildung des Erkenntnißvermögens die Thätigkeit des
Gefühlsvermögens und der Thatkraft beschränke. Wer
klar denkt, Alles der Prüfung unterwirft, zergliedert,
vergleicht und unterscheidet, — der, meint man, fühle
wenig oder selten, in dem gehe das Gefühl in Reflexion
auf. Und zugleich komme er vor Reflexion, Betrachtung und Speculation nicht zum Handeln. Diese An-
klage ist falsch. Denn sie widerspricht der einigen,
harmonischen Natur eines Geistes, trägt also einen

Widerſpruch in ſich ſelbſt und die Behauptung muß
gerade die umgekehrte werden: Je mehr das Erkennt=
nißvermögen ausgebildet wird, je mehr der Menſch das
Wahre zu erkennen im Stande iſt, deſto mehr Nahrung
und Stoff hat das Gefühlsvermögen; denn allem Fühlen
liegt ja ein Erkennen zu Grunde. Je mehr der Menſch
denkt, deſto mehr fühlt er. Wir meinen wahre Ge=
fühle. Freilich haben Diejenigen recht, obigen falſchen
Satz aufzuſtellen und die Bildung des Erkenntnißver=
mögens durch den verdächtigten Namen „Aufklärung"
in böſen Ruf zu ſetzen, welche dem Menſchen gern
dunkle Gefühle einflößen, um ihn durch dieſelben zu
beherrſchen. Freilich; denn der Denkende unterwirft
die Behauptung der Sprechenden und Schreibenden
eigner Prüfung, und Phantaſterei und Fanatismus
bleiben ihm ferne. Dieſe gedeihen nur auf dem Heerde
dunkler, falſcher Gefühle. Daher ſehnt man ſich nach
der Dunkelheit und Verworrenheit der Köpfe.

Eine ähnliche Bewandtniß hat es mit der That=
kraft. Je mehr ich die Wahrheit in ihrer ſiegenden
Kraft erkenne, ihre Wichtigkeit fühle, deſto mehr er=
muthige ich mich zur Anſtrengung, damit ſie ſiege, wo
ſie jetzt noch unterliegt. Der helle Kopf lenkt ſicher
und faßt den Arm, freilich da nicht, wo man die An=
ſtrengung ſieht, Irrthümer auszuſäen.

Was wäre das für ein Weſen, das mit verſchie=
denen Kräften ausgerüſtet, ſo beſchaffen wäre, daß die

naturgemäße Ausbildung des Einen nur auf Unkosten der Andern geschehen könne, daß Stärke der einen Schwäche der anderen herbei führe. In der Organisation eines solchen Wesens wäre nicht Harmonie und Einheit, sondern Zwiespalt und Widerspruch. Und das ist doch wohl in den Anlagen des menschlichen Geistes nicht der Fall. Darum wollen wir Helle des Kopfes und Wärme des Herzens. Und wenn wir jene fördern, so stören wir diese nicht, sondern fördern und läutern sie. Fiat applicatio!

Späterer Zusatz. Das Erkenntnißvermögen liegt jedem Gefühle zu Grunde. Jedes Fühlen ruht auf Erbarmen. Es gibt kein Fühlen ohne Erbarmen; das Fühlen ist das Wissen des Herzens.

Am 23. August 1822. Pädagogik und Orthodoxie.

Der wahre Pädagoge hat den größten Respect vor der Natur, außer und in dem Menschen-Respect vor der Welt Gottes und vor der Menschennatur. Von Beiden meint er, nicht groß genug denken zu können. Der orthodoxe Theolog denkt von der Menschennatur sehr klein. Darum ist er nie ein Erzieher, so wie der Pädagoge nie orthodoxe Grundsätze hegen kann. Pädagogik und Orthodoxie stoßen sich ab. Sie haben nichts mit einander gemein. Darum sollte man jedem, der sich als Lehrer und Erzieher examiniren lassen will, zuerſt die Frage vorlegen: was er von der Natur halte?

Am 6. September 1822. Leibesübungen.

Sonderbar: Mit der geiſtigen Unbehülflichkeit der Ankommenden iſt auch ſtets die leibliche Steifheit und Ungelenkig=, Unfügigkeit verbunden. Und mit der geiſtigen Gewandtheit die leibliche. Darum muß man als Mittel zur Bekämpfung der geiſtigen Steifheit das Streben nach leiblicher Gewandtheit durch Gymnaſtik gebrauchen. Mit der leiblichen ſtellt ſich auch die geiſtige ein. Darum gehören namentlich in das erſte Jahr des Seminarunterrichts leibliche Uebungen als ſtehende Lektionen (unter Anführung eines der gewandteren Se= minariſten nach Leib und Seele). — Die älteren Se= minariſten geſtehen es ſelbſt, wie wohl ihnen die im erſten Jahre angeſtellten Leibesübungen gethan haben. Sie fühlen es ordentlich, daß der Geiſt beweglich ge= worden durch die erzielte Geſchwindigkeit des Körpers. Wie kann es anders ſein in dem zweilebigen eingeiſtigen Menſchen? Wie kann eine Saite unangenehm klingen, wenn die mit ihr zugleich angeſchlagene nicht mit ihr akkordirt? —

Sehr wichtig für Erziehung müſſen die Reſultate aus den Beobachtungen der ankommenden Seminariſten ſein. Darüber würde ſich eine Abhandlung ſchreiben

laſſen. Jene Beobachtungen wären die Prämiſſen, wozu
der Lehrer die Schlüſſe zu machen hätte. Sie mitzu=
theilen wäre nicht nöthig, ſtellte die Abhandlung anders
die Beobachtungen klar hin.

Die Seminariſten kommen aus der Hand der Na=
tur, oder aus dem Zuſtand der Verwahrloſung. Ihre
Seele und ihr Geiſt wurden durch nichts geſpannt.
Ein großes Unglück (Schon ein wichtiges Reſultat.)
Selbſt wenn die Seele durch ein falſches Mittel ge=
ſpannt würde. Es wäre doch eine Spannung, keine
Erſchlaffung. — An den Seminariſten muß ſich alſo
beobachten laſſen: 1) was ohne Erziehung verſäumt
wird; 2) was ſich im 16. Jahre noch nachholen läßt
binnen 3 Jahren.

Am 6. September 1822.

Eine eigene Bemerkung, nicht zunächſt anwend=
bar für Seminariſten iſt die, daß junge Männer, die ein
trefflicher Jugendunterricht gebildet, gut erzogen worden,
im 20. Jahre ſchon ſo weit ſind, als ſie jemals ſchreiten, in
Wiſſenſchaft und in der Bildung ihres Charakters. Sie
bleiben ſtehen und entſprechen in dem männlichen Al=
ter, in den Jahren der Feſtigkeit und der Kraft, den
großen Erwartungen nicht, die man billig hegen durfte.
Andere dagegen, verwahrloſt in der Jugend in Erzie=
hung und Unterricht, weit hinter jenen im 20. Jahre
zurückſtehend, aber angeregt durch irgend etwas, Noth
oder Beiſpiel ꝛc., klein beginnend, ſtreben weiter, bilden

sich selbst, leisten nachher weit mehr, als man zu er=
warten berechtigt war, und überflügeln jene in der Ju=
gend vor ihnen so weit und hoch begünstigten.

So werden die in das Seminar tretenden, durch
Gymnasialunterricht gut vorbereiteten, mit mancherlei
Kenntnissen aller Art ausgerüsteten Jünglinge noch
darum gerade nicht die besten; dahingegen die aus dem
Bauern= und Handwerkerstande oft die vorzüglicheren.

Ist es überhaupt in der Jugend nicht besser, mehr
überhaupt die Kräfte zu spannen, anzuregen durch Ideen
und großartige An= und Uebersichten, als viel Wissens
mitzutheilen ohne diese Anregung? Darum ist das
Ausmeiseln eines an sich sehr lebendigen Unterrichts=
stoffes, der Geographie, (Diesterweg hat hier den Un=
terricht eines Seminardirektors im Auge) geradezu ver=
werflich, den Geist klein= nicht großmachend. Mit sol=
chem Buchstabenkram prunken nachher die pädagogischen
Männlein, fangen Geister ein durch Listen, Controllen
und Vorschriften, und bilden Geister durch das Ein
mal Eins und fleißiges Schreiben und Nachschreiben
unverbesserlicher Hefte. Die Geistes=Armseligen aber
Sprach=Seligen, die Alles zu machen wissen, für alle
Uebel des Geistes ein Arcanum in der Tasche führen,
zustutzen und einfahren in die allgemeine Heerstraße,
die der Vormann gebahnt hat, sich überselig (— aner)
genannt hören.

Am 9. September 1822. Einseitigkeit. Stunden=
geberei.

Welcher Lehrer, der mit Stunden beladen und über=
laden ist — und wer von den Schullehrern ist es
nicht? — hat nicht an sich selbst die Erfahrung ge=
macht; daß man nach und nach eine gewisse feste Form
annimmt im Denken, Sprechen, Lesen, Thun — eine
Art Schulmechanismus und Pedantismus. Dieses Ge=
fühl der anfangenden Versteinerung ist ein sehr schmerz=
liches. Die enge Lebendigkeit des Geistes schwindet und
an die Stelle der vielseitigen Thätigkeit tritt die Ein=
seitigkeit. Und mit dem Lehrer wird der Schüler ein=
seitig, steif und hölzern. Das ist das Unglück des
Ueberladens mit Arbeit und Stunden. Und nun
schimpfen und spotten die Menschen über den steifen
Pedanten, nachdem sie ihm so viel geben, daß er nicht
verhungert, sein Brod aber zum Theil auf dem dornigen
Wege der Privatstunden erbetteln muß.

Ein jeder Mensch wird, von Arbeit überhäuft, die
einer Hauptrichtung folgen, steif, und man sieht ihm,
sobald er sein Geschäft handwerksmäßig treiben muß,
das Geschäft von außen an. Der mit Stunden überhäufte
Lehrer wird ein Handwerksmann und sein Unterricht
muß ein handwerksmäßiger werden. Wer darüber spot=
tet, der spottet über die Natur und über die Verhält=
nisse, deren Abwendung nicht in des Lehrers Macht

liegt. Ein solcher ist ein Menschenfeind. Und dem ordentlichen Lehrer, der weiß und fühlt, wie sehr zum gedeihlichen Erziehungsunterricht die geistige Frische gehört, thut es wahrhaftig in der Seele wehe, wenn er fühlt, wie er nach und nach versteinert. Der Schreiber dieses, weniger mit Stunden geplagt, als die meisten seiner Amtsgenossen, überfällt dieses Gefühl gewöhnlich gegen das Ende eines Schuljahres, vor den Ferien, und er gesteht, daß er ohne Sonn- und Feiertage und ohne die Ferienzeit (die aeta aurea der Lehrer) längst ganz zum Handwerksmann geworden. Darum sollte man wahrhaftig die dem armen Elementarlehrer dürftig zugemessene Ferienzeit nicht schmälern, sondern dafür sorgen, daß er in denselben nicht mit Anfertigung von Listen und Tabellen geschoren, dieselbe ganz in freier Muße genießen und aufthauen könne. Dann versteinert er wenigstens ein Jahrzehend später. Nur wenige Glückliche entgehen ganz diesem Schicksal. Eine traurige Wahrheit!

Am 22. September 1822. Ueber Strafen.

Das Kapitel meiner Schrift über Erziehung, über Strafen — von Schwarz als das beste herausgehoben — würde sich dadurch vervollständigen lassen, oder es ließe sich darüber eine Abhandlung schreiben, indem man Vergehungen meinte, die zur Bestrafung desselben möglichen Strafen (oder hie und da übliche) anführte, und die Zweck- oder Unzweckmäßigkeit mit kurz angeführten Gründen belegte. Hierdurch würde das Wesen der Strafe deutlicher.

Schwierig bleibt dies immer, weil das dritte Strafen bestimmende Moment: die Subjektivität des Schülers nicht berücksichtigt werden kann. Aus diesem Grunde lassen sich nie allgemeine, in allen Fällen geltende Gesetze für Strafen angeben, weil der möglichen Combinationen im Subjekt unendlich viel sind. Daher hat der Lehrer, welcher wegen einer diktirten Strafe in Anspruch genommen wird, immer die Ausflucht: ich gebe zu, daß im Allgemeinen deine Gründe, welche für eine andere Strafe sprechen, als die angewandte, gültig sind, nur in dem speciellen eben vorliegenden Falle traten doch die und die Individualitäten, die und die Modificationen ein. — Indeß ist dennoch jener Vorschlag und die Ausführung desselben anzurathen, weil immer — ceteris paribus — die Einsicht in das schwere Problem über Strafen gewinnt.

Schlußwort.

Wenn es mir gelungen ist, den Seminaristen durch den Unterricht des ersten Vierteljahres den Staar zu stechen, so ist meine Mühe belohnt; den Staar, so Gott will, nicht den unheilbaren schwarzen, sondern den heilbaren grauen, Nebel ähnlichen, der sich vor den gesunden Sehnerven durch Vorurtheile, falsche Erziehungsmaximen 2c. geleget hat. Vorerst versuche ich allgemeine Anregung der Kräfte durch Uebungen aller Art — die Operation der Vertheilung, der mittelbaren Heilung. Denn, wenn der ganze Organismus zu Gesundheit gelangt, so wird das einzelne Glied nicht krank bleiben. Gelingt dies bei diesem oder jenem nicht, so versuche ich den Schnitt oder die Aetzung mit Höllenstein. Zweie haben bereits dieser Operation sich nicht unterwerfen wollen. Andere haben gesunde Augen mitgebracht; Einige sind nur kurzsichtig und blödsichtig. Denen will ich eine Brille aufsetzen, welche das Auge stärkt 2c.

Anhang.

1. Die Lektüre.

Die Hefte Diesterweg's aus den Jahren 1818—1822 enthalten, wie gesagt, meistens Auszüge, Lesefrüchte, literarische Notizen. Er pflegte jedes Mal die Seitenzahlen der ausgezogenen Stellen anzugeben und nur selten irgend Zusätze dazu zu machen.

Um dem Leser einen Blick in die Lektüre Diesterweg's zu geben, theilen wir in möglicher Kürze die deßfallsigen Schriften mit:

1. Ueber die Begründung der Ethik durch die Physik von v. Baader. 1818.
2. Metaphysik von Kayserlingk. 1818.
3. Betrachtung des Menschen von D. T. A. Suabedissen.
4. Wetteranzeiger von Scharfenberg. 1818.
5. Kähler Supernaturalismus und Rationalismus.
6. F. Kleuker über das Ja und Nein der biblisch-christlichen und der reinen Vernunft-Theologie. 1819.
7. Reinhold's Versuch der logischen Formen.
8. J. Görre's Glauben und Wissen. 1805.
9. Europa's Auswanderer von A. v. Schaden. 1819.
10. Naturlehre von J. G. Melos. 1819.
11. Betrachtungen über das Universum von C. T. von Dalberg. 1819.
12. Geistreiche Gedanken von v. Eckartshausen. 1819.
13. Historien und gute Schwänke des Meisters Hans Sachs. 1818.
14. Briefe über den gefährlichen Einfluß der Jesuiten auf die Erziehung und den öffentlichen Unterricht in höheren Lehranstalten. 1814—1815.
15. Müllner's Schuld. 1819.

46. Ueber die Elementarschule im Fürstenthum Lippe von F. Werth. 1810.

48. Beiträge zur Beförderung der Humanität von P. I. H. Hoogen. 1805.

49. Ueber den Charakter und die Schriften der Frau von Staël. von Frau Necker. Uebersetzt von A. W. v. Schlegel. 1820.

50. Weffenberg's Schriften.

51. Gruner.

52. Mesmerismus von Wolfart. 1814.

53. Johannsen's gründliche Kritik der Pestalozzi'schen Methode. 1804.

54. Herbart. Pestalozzisches ABC der Anschauung. 1802.

55. Kirche, Schule und Haus. 1820.

56. Die christliche Lehre von der Wiedergeburt. Von C. Bormann. 1820.

57. Herbart. Einleitung in die Philosophie. 1821.

58. Denzel.

59. Christliche Sittenlehre von de Wette.

60. Fries. Ethik.

61. P. C. Hartmann. Der Geist in seiner Selbstständigkeit zum physischen Leben. 1820.

62. Mutschelle.

63. Hippel.

64. Bedenken über den Pietismus von Hirl.

65. Lichtenberg.

66. Herbart's Pädagogik.

67. Schlosser.

68. Schuderoff.

69. Titan von I. Paul.

70. P. P. Wilmsen. Unterrichtskunst. 1818.

71. I. G. Kelber. Die deutschen Volksschulen in ihrer Entwickelungsperiode. 1819.

72. Hüllmann. Urgeschichte des Staates. 1819.

73. Baggesen, humane Religion.

74. Ueber Kotzebue's Ermordung von Steffens. 1819.

75. A. Zarnack's Abhandlung über Waisenhäuser. 1819.

76. Krug. Staat und Schule.

77. Ueber den Ursprung und die Schicksale der Gelehrsamkeit und Kunst von Koscon. 1819.

78. Versuch einer neuen Begründung der logischen Formen von Reinhold. 1819.

79. Seidenstücker, Nachlaß der deutschen Sprache.

80. Pestalozzi's Nachforschung über den Gang der Natur in der Entwickelung des Menschengeschlechts. 1797.

81. Fries's System.

82. Schleiermacher's Werke. I.—III. Band.

83. Wieland's Schriften.

84. Fries, Anthropologie.

85. Dolz' Katechisation.

86. Rousseau's Emil.

87. Cramer's Hauschronik.

88. Jenaer liter. Zeitung.

89. Schwarz' Erziehungslehre.

90 Gleim's Briefwechsel deutscher Gelehrten.

---

2. Zur Vision am 19. Mai 1819.
Aus Immermann's Epigonen. 3. Th. 8. Buch.

Da wurde mir eines Tages, es war gerade um 12 Uhr Mittags, die wunderbarste innere Erfahrung. Sie kam ungesucht, unvorbereitet, wohl recht, wie das Höchste erscheinen muß. Ich will mich nicht besser machen, als ich bin, will gestehn, daß auch nachmals mein Inneres voll Schlacken geblieben ist, aber ich kann, wie Cromwel, von mir behaupten, daß ich einmal im Stande der Gnade gewesen bin, und deshalb nicht verloren gehen werde.

Ich wanderte für mich eine gerade, keineswegs zur Erholung stimmende Landstraße hin, ruhig, ohne Bewegung des Gemüths, nur an eine ganz gewöhnliche Tagesobliegenheit denkend. Da, auf einmal fühlte ich in mir die Existenz Gottes, und seine unmittelbarste Gegenwart in mir, so daß ich nun ganz bestimmt wußte: Er ist. Und zwar nicht als Begriff, Idee, sondern sein Dasein ist ein reelles. Der Sitz dieser Empfindung war der ganze Mensch zwar, jedoch hauptsächlich und vorzugsweise das Herz, in welchem sich dieselbe wie ein sanftes Wirbeln gestaltete, welches das Herz zugleich in den Mittelpunkt des Weltalls rückte, und es auf einen Zug begreifen lehrte, in welchen Gesetzen der Unschuld, Schönheit und Güte dieses ungeheure Ganze erbaut worden sei. Damals wußte ich auch sofort, daß wir nie Gott anschauen werden, daß vielmehr die Seligkeit darin bestehen soll, einen solchen Moment für immer zu haben, und daß dann Gott, wie ein ewiges Pulsiren der Heiligkeit, in uns die Stelle des fleischlichen Herzens einnehmen wird.

Alles dieses war keine Phantasie, keine Speculation, sondern eine fast sinnliche Gewißheit. Es dauerte nur wenige Secunden, auch kann ich den Moment nicht näher beschreiben, denn es würde doch nur auf schmückende Armseligkeiten hinauslaufen. Dante's Worte kommen ihm noch am nächsten, wenn er singt:

All' alta fantasia qui mancò possa;

Ma già volgeva il mio disiro, e'l velle,

Siccome, ruota, che igualmente è mossa,

L'amor, che muove 'l Sole e l'altre stelle.

Doch klingen auch sie nur wie ein Lallen von hoher Musik. Das Ganze aber, war ein Gemüthswunder, welches sich nachmals nicht hat wiederholen wollen, mir jedoch auch in seiner einzelnen und einzigen Erscheinung zur Beruhigung über einen höhern Zusammenhang der Dinge vollkommen genügt. Bin ich Ihnen in meinem Wesen ungestimmt erschienen, so ist es die Nachwirkung dieses Augenblicks gewesen.

— · —

Druck: Wilhelm Baensch, Leipzig.